Camilla Marinoni

La canzone di Renata

#readingwithlove

#readingwithlove

ISBN: 9791280555267

Art direction, illustrazione di copertina e produzione
Alessandro Nodari

Editing
Daniela Zacchi

© 2023 #readingwithlove

Seguici su Facebook (readingwithlove.official),
Instagram (readingwithlove_official) e sul nostro sito
www.readingwithlove.it

1

Che ironia chiamarsi Renata Tebaldi, una delle cantanti liriche più amate di tutti i tempi, ed essere stonata come una campana, pensai per la millesima volta mentre cantavo sotto la doccia.

Per fortuna mi "esibivo" solo quando ero molto triste o molto felice, ma ogni volta questo non impediva a Lupa di ululare il suo disappunto e di andarsi a nascondere sotto il letto. A me però non importava: il cane uggiolava e io cantavo, ognuno aveva il suo modo di sfogarsi.

Quel lunedì mattina, poi, mi ero svegliata particolarmente allegra anche se non c'era stato un motivo preciso per quello stato di grazia.

Era la mia mattina di chiusura, ma avevo deciso di andare comunque in negozio per un po' di faccende ancora da sbrigare, approfittando del fatto che nessun cliente mi avrebbe disturbata. Prima però mi sarei concessa una bella passeggiata per le vie di Casoretto, il mio quartiere dove abitavo oramai da trent'anni.

Chiusi a chiave la porta di casa ancora fischiettando, mentre Lupa scendeva lungo la scala esterna e, come al solito, si fermava ad aspettarmi davanti al cancelletto con il muso infilato tra le inferriate per guardare le persone che passavano.

Togliendo le chiavi dalla toppa, notai che dietro le fioriere accanto all'ingresso si erano formate delle macchie d'umidità. Allontanai i vasi dal muro, mi spiaceva che si rovinasse il giallo solare dell'intonaco. Il mio caseggiato era una pennellata d'allegria in quella vietta dimessa e, anche se era un po' trascurato, io l'adoravo. Era stata la mia prima casa, l'aveva trovata Ines quando ero arrivata nel quartiere. Apparteneva a una sua amica che me l'aveva affittata a un prezzo ragionevole e, vantaggio non da poco, era molto vicino alla mia erboristeria. L'appartamento era piccolo, ma con un magnifico terrazzo che avevo arredato con grandi vasi dove coltivavo della verdura di stagione e delle erbe aromatiche. Negli anni, avevo piantato anche dei gelsomini che mi regalavano un bel po' di privacy dalla strada.

Scesi le scale e feci una carezza sul pelo ispido della mia cagnolina, prima di allacciarle il guinzaglio. Eravamo pronte per la nostra passeggiata.

Inspirai a pieni polmoni l'aria fresca di novembre grata di quell'autunno che ci regalava ancora delle splendide giornate, dove il sole scaldava l'aria e il cielo era di un turchese vivido, un colore non più così raro anche a Milano.

Le auto scorrevano veloci su via Leoncavallo, un passaggio obbligatorio tra il centro città e lo sbocco in tangenziale ma, al contrario di loro, io non avevo fretta e mi divertivo a osservare le persone che passeggiavano con lo sguardo incollato allo schermo del cellulare. Mi sarebbe piaciuto fermarne qualcuna per chiedere che cosa ci fosse di così tanto interessante da non avere nemmeno il tempo di guardarsi attorno.

Presi via Mancinelli, per svoltare poi in via Casoretto e, con calma, raggiungere il mio negozio.

La mia prima sosta fu l'edicola di Sabrina, per acquistare la mia rivista preferita di uncinetto. Appena quella mi scorse, sventolò in aria il giornale.

«È arrivata!», annunciò compiaciuta quando mi avvicinai. Me la consegnò, insieme a una un'altra di viaggi aperta su una pagina. Spesso commentavamo ammirate le fotografie di località esotiche che non ci saremmo mai potute permettere.

«Stavo leggendo quest'articolo, il tema del mese è davvero interessante: *I migliori viaggi da fare in Europa a novembre*. A te cosa piacerebbe? Luoghi caldi o paesi gelidi? A me non dispiacerebbe una puntatina a Lanzarote», scherzò indicandomi la fotografia di una spiaggia dorata bagnata dalle onde. «Mi ci vedo sdraiata sulla sabbia mentre sorseggio un cocktail tropicale».

Scossi la testa. «Non amo il caldo. Se dovessi scegliere andrei a Donegal, in Irlanda, per arrampicarmi su qualche collina battuta dal vento e ammirare i cavalloni che si infrangono sugli scogli».

«Secondo me leggi troppi libri di Rosamunde Pilcher», ribatté Sabrina guardandomi scettica.

Scoppiai a ridere. «Forse hai ragione, però lei descrive le spiagge della Cornovaglia».

«Ah, è lo stesso», sbuffò divertita.

«Prendo anche questa di viaggi, almeno posso sognare a occhi aperti», decisi, porgendo i soldi per pagarle entrambe.

«Eh, sì. Solo questo possiamo fare», rispose lei sospirando, mentre mi restituiva le monetine di resto.

Lupa tirò il guinzaglio impaziente di passare dalla panetteria per il biscotto quotidiano. Così salutai Sabrina con un cenno della mano e ripresi la mia strada, dirigendomi verso la chiesa di Santa Maria Bianca della Misericordia.

Le campane dell'abbazia quattrocentesca scandirono le dieci interrompendo le chiacchiere di alcuni anziani seduti sui muretti che circoscrivevano gli olmi intorno alla chiesa. Ai loro piedi, un tappeto di foglie gialle aranciate rallegrava la piazza. Ferma al semaforo rivolsi loro un cenno di saluto, mentre alzavo il viso per accogliere il timido tepore del sole. Appena scattò il verde, attraversai per raggiungere la panetteria dove, al solito, c'era la fila.

«Sono già pronte le tue due solite michette. Segno sul conto!», esclamò Maria quando mi vide tra i clienti, allungandosi sopra il bancone per passarmi il sacchetto del pane e un biscotto per Lupa, che la ringraziò scodinzolando felice.

Non avevo ancora voglia di andare in negozio, così decisi di allungare la passeggiata per bere un caffè fino a piazza Durante. Era piacevole camminare al ritmo canino di Lupa: ogni tre passi una sosta per annusare un odore interessante o salutare un amico a quattro zampe. Di solito la tiravo perché avevo fretta, ma non questa volta, oggi ero io a seguire lei.

Notai con disappunto che i tavolini del bar sul marciapiede erano tutti occupati da clienti che si godevano il tepore inaspettato di quella magnifica mattinata, così entrai nel locale. Gino, il gestore del locale, mi salutò cordiale.

«Oh, eccovi qua. Buongiorno! Ti faccio il solito caffè?»

«Aggiungici anche una brioche. Oggi voglio coccolarmi», rilanciai.

«Al cioccolato?»

«Non esageriamo, il punto vita non è più quello di una volta. Facciamo integrale al miele».

Questi si fece una bella risata mentre posava a terra a terra una ciotola d'acqua per Lupa, che nel frattempo stava spazzolando le briciole dal pavimento meglio di un'aspirapolvere. Mentre aspettavo la mia colazione, mi sedetti al tavolo accanto alla libreria angolare che da qualche mese era presente nel locale. Sui suoi scaffali, i clienti potevano lasciare i libri che non volevano più, per prenderne altri in cambio. Mi piaceva l'idea di questo continuo flusso di letture sempre pronte a far sognare chi si imbarcava tra le loro pagine. Ero anch'io un'accanita fruitrice di questo scambio di volumi, così diedi un'occhiata per vedere se c'era qualcosa d'interessante. Purtroppo però c'erano i soliti romanzi che avevo già visto, più un paio di riviste e qualche fumetto.

Spostai un libro per curiosare tra quelli caduti dietro e scovai un vecchio volume. Non potevo credere alla mia fortuna, era un manuale di ricette, ma non uno qualunque, bensì l'edizione del 1922 di Pellegrino Artusi: *L'arte di mangiare bene*. Mi emozionò tenere tra le mani un volume che aveva quasi un secolo di vita.

Amavo i libri antichi, da qualche tempo mi ero messa anche a collezionarli. Alcuni li avevo trovati nelle cassette dei libri abbandonati, come questa volta; altri li avevo acquistati nei mercatini di antiquariato da strada, altri ancora mi erano stati regalati da amici e clienti che conoscevano la mia passione. Appena entravano in mio possesso, per prima cosa tuffavo il naso tra le pagine ingiallite per annusare l'odore ammuffito di un passato dimenticato. Non erano certe copie preziose, ma per me erano uniche, perché avevano spesso una storia scritta tra le righe. Scorrevo con attenzione le pagine ormai fragili, cercando una dedica o degli appunti che mi rivelassero a chi era appartenuto quel volume. Quando la trovavo, fantasticavo sulla persona che l'aveva posseduto. Quante lacrime e risate erano custodite dentro a quelle righe.

Questo volume poi da chissà quante mani era stato sfogliato e consultato in un secolo di vita. Sulla prima pagina c'era una dedica affettuosa, ormai quasi illeggibile, datata 25 novembre 1922. S'intravedeva la firma, *Silvia*, e un mozzicone di frase in una calligrafia del secolo passato, *"ricette da provare almeno una volta"*. Come segnalibro trovai anche una pubblicità del secolo passato con la ricetta dei "Filetti di merluzzo spinato della ditta Lorenzo La Rocca - Bari".

«Si mangeranno ancora?» domandai ironica a Lupa seduta di fianco a me in paziente attesa.

Questo non era solo un libro di cucina, ma soprattutto un saggio filosofico sull'arte del mangiare bene, ogni ricetta pareva un racconto poetico. Io ero una cuoca appena passabile, ma sapevo apprezzare la buona cucina, e già mi pregustavo quella sera la sua lettura in compagnia di un calice di vino rosso.

«Posso prenderlo?», chiesi a Gino che stava appoggiando sul tavolino il mio caffè e il piattino con la brioche.

Lui lo guardò distratto. «Certo. È stato lasciato lì apposta!»

Lo infilai in borsa e, dopo un'occhiata al grande orologio sulla parete, finii veloce la mia colazione e mi diressi verso l'erboristeria. Era tempo di recuperare un po' di lavoro arretrato.

Tirai su la serranda ed entrai nel negozio avvolto dalla penombra, salutata come al solito dall'allegro scampanellio della campanella sopra la porta. Assaporai quel momento in cui, a luci ancora spente, entravo nel mio mondo fatto di effluvi di erbe differenti, mi riportavano alla mente la prima volta che ero entrata lì e avevo conosciuto Geremia.

Un ultimo grande respiro, per poi accendere la luce e tornare alla realtà.

Lasciai le riviste e il libro su un tavolino vicino a un leggio dove era posato il mio bene più prezioso, un antico acquarello inglese di una Clematide Vitalba, una pianta rampicante dai fiori bianchi. Era stato un regalo di Geremia quando mi ero diplomata in scienze erboristiche, uno scherzo tra di noi: il nome comune inglese di questo fiore è *Traveller's Joy*, la Gioia del Viaggiatore. Me lo aveva regalato perché sognavo di viaggiare per il mondo, e invece non ero mai uscita dalla Lombardia.

Sganciai Lupa che andò a sdraiarsi sul suo cuscino dietro la scrivania. Bruciai un bastoncino d'incenso, mentre il portatile si accendeva. Per prima cosa cercai su Spotify delle arie d'opera cantate dalla mia omonima.

Ora che avevo creato un'ambiente sereno e accogliente, potevo affrontare con calma il lavoro che mi ero prefissata di smaltire quella mattina.

Per prima cosa controllai se fossero arrivati degli ordini sul mio sito di e-commerce. Lo avevo aperto un paio di anni prima per aumentare la mia rete di acquirenti. All'epoca ero un po' dubbiosa della sua utilità, mentre invece si era trasformato in un efficace mezzo di vendita. Per non sparire tra le merci offerte da Amazon a prezzi scontatissimi, avevo anche inserito prodotti erboristici che preparavo su ordinazione, come tisane e decotti. Si era rivelata un'idea vincente, e mi ero fatta una clientela affezionata un po' in tutta Italia.

Stavo per stampare le richieste, quando la campanella sulla porta risuonò avvisandomi che era entrato qualcuno. Non avevano visto il cartello che il negozio era chiuso? Colpa mia che mi ero dimenticata di chiudere a chiave.

«Renata! Non hai ancora pagato l'affitto!», risuonò imperiosa la voce di Mafalda, la proprietaria del negozio.

Sospirai afflitta, tra tutti quelli che sarebbero potuti entrare per rovinarmi la mattinata, lei era di certo la prima in classifica. Mi sforzai di sorridere e la salutai.

«L'ho fatto con un paio di giorni in anticipo, per evitare che per la festività di Ognissanti, la banca te lo pagasse in ritardo. Avresti già dovuto trovare l'accredito», risposi aprendo la pagina della mia banca online.

«Ho controllato e non c'è nessun bonifico. Già paghi una miseria, potresti almeno essere puntuale. Sai benissimo che lo voglio ricevere ogni ultimo del mese», rispose alzando la voce tenendo la porta aperta per farsi sentire da tutto il vicinato. «Geremia non era mai in ritardo, era l'affittuario ideale. Ma si sa, la nostra generazione è fatta di una pasta diversa da voi giovani».

«Veramente non lo sono più tanto, ho superato i cinquanta», risposi divertita.

«Sai cosa intendo, sempre a contraddire», borbottò spazientita.

«Dammi un minuto e ti scarico la ricevuta».

Mafalda gettò il mozzicone della sigaretta sul marciapiede, per poi cercare subito nella borsa il pacchetto di Marlboro, che per fortuna si rivelò vuoto.

Lasciò andare con malagrazia la porta, per poi mettersi ad annusare l'aria come un cane da punta. «Che cos'è questa puzza?»

«Sandalo», replicai concentrata sullo schermo del pc.

Lupa le si avvicinò ringhiando.

«Fai stare zitto quel cagnetto isterico. Non lo sai che è vietato tenere animali nei negozi?»

«Solo negli alimentari, e io sarei chiusa il lunedì mattina», ribattei spazientita.

«Sono troppo buona. Dovrei sbatterti fuori e...», un colpo di tosse nascose le sue ultime parole.

Perché il portatile faceva così fatica a collegarsi alla piattaforma bancaria? Più tempo ci metteva, più quella rompiscatole sarebbe rimasta lì a sentenziare, già ficcanasava intorno con la sua solita espressione di disapprovazione.

«Non è ancora arrivato il postino?», chiese continuando la sua perlustrazione.

«Di solito lascia la mia posta nella portineria dello stabile», spiegai sorpresa alzando lo sguardo dallo schermo, «Perché t'interessa?»

Alzò le spalle senza degnarsi di rispondere, continuando la sua ispezione tra gli scaffali. Passò un dito per verificare se ci fosse della polvere sui vasi in ceramica delle erbe officinali, poi infilò la testa nella vetrina già allestita con i colori dell'autunno, per fermarsi alla fine davanti al tavolino d'angolo dove erano appoggiati i miei lavori all'uncinetto, per la maggior parte scialli colorati e borse *granny*.

L'uncinetto era la mia forma di meditazione durante le lunghe ore della giornata. C'è chi fa scivolare fra le dita i grani del rosario, io invece le catenelle dei miei lavori. Inoltre erano molto apprezzati dalle clienti, e mi garantivano anche un'entrata extra.

«Quel muro è troppo nudo, ti porto qualche mio quadro», dichiarò, indicando con la testa l'unica parete libera dagli scaffali.

Sbuffai infastidita lanciandole un'occhiata. Così curva, secca e grigia pareva la strega cattiva delle fiabe. Gli abiti le pendevano addosso come su un attaccapanni. Anche se si vestiva con colori sgargianti, su di lei apparivano comunque desolati. Si professava una pittrice talentuosa ma perfino io, che non m'intendevo d'arte, capivo che i suoi dipinti non valevano nemmeno il costo delle tele utilizzate. Non era assolutamente capace di vedere il bello intorno a lei, figurarsi riprodurlo.

«Ti ringrazio, ma preferisco di no. Il negozio mi piace così com'è».

«Ovvio che gli affari ti vadano male, non sai mettere in risalto l'ambiente».

«Preferisco che i clienti si concentrino sui prodotti esposti. I tuoi dipinti potrebbero distrarli», risposi ironica. «E poi chi ti ha detto questa falsità?» continuai porgendole la stampata del bonifico.

Quella sua affermazione mi aveva infastidito parecchio perché, anche se mi scocciava ammetterlo, Mafalda in questo aveva ragione, gli incassi non erano più quelli di una volta. Il sito online mi aveva procurato nuovi clienti, ma non entravano tante persone come qualche anno prima, e le spese erano aumentate.

«Le voci girano, qui si sa tutto di tutti», ribatté lei ridacchiando maligna. «I miei quadri non li vuoi, però i tuoi lavoretti all'uncinetto li metti in bella vista».

«Per adesso sono ancora padrona di decidere io cosa esporre», replicai secca.

Mi aveva stancata, così mi alzai per andare ad aprirle la porta. «Ora che abbiamo sistemato la questione del bonifico, se non ti dispiace, avrei del lavoro da sbrigare».

«Mi sa ancora per poco, se vai avanti così», ribatté a denti stretti mentre mi passava davanti altezzosa. Appena uscì dalla mia erboristeria, chiusi la porta a chiave così non sarei stata più disturbata.

Non volevo farmi rovinare la mattinata da quella donna acida, così accesi un mazzetto di salvia bianca e soffiai il fumo verso la porta per scacciare la sua energia negativa. Feci un respiro profondo per aspirare il suo aroma benefico, chiusi gli occhi e visualizzai Mafalda avvolta dal sottile fumo che veniva trascinata dentro una delle sue orribili tele. Sbottai a ridere davanti a quella scena grottesca creata dalla mia fantasia, per poi ritornare al computer e riprendere il lavoro interrotto.

2

Per quanto non volessi pensarci, la visita di Mafalda mi aveva guastato un po' la mattinata, e la salvia non sarebbe bastata da sola a farmi ritornare il buon umore. Così attaccai le casse al computer per farmi coccolare dalla voce della Tebaldi. Chiusi gli occhi, e mi feci trasportare nella sua aria più famosa della *Madame Butterfly*…

un bel dì, vedremo
Levarsi un fil di fumo

Aveva ragione Arturo Toscanini a definirla una voce d'angelo, le sue note cristalline avevano spazzato via ogni pensiero cupo.

Sorrisi, ero pronta a riprendere il lavoro, ma evidentemente quel giorno non era destino, perché qualcun altro bussò alla porta.

Allungai il collo per vedere chi fosse il nuovo visitatore inopportuno. Era Fausto, il portinaio dello stabile. Mi alzai sbuffando per andare ad aprirgli.

Mi sorrise cordiale augurandomi il buongiorno. «È arrivata la tua posta, c'è una raccomandata. Ho pensato di portartela subito, magari è importante».

Mi porse alcune buste, poi si abbassò per fare una carezza a Lupa, che nel frattempo era arrivata trotterellando per salutarlo.

Rigirai tra le mani la busta bianca con l'intestazione di uno studio di avvocati. Non prometteva niente di buono. «Cattive notizie in arrivo», mormorai preoccupata.

«Beh, non è detto. Magari hai vinto qualcosa e ti comunicano il premio», commentò lui con un'alzata di spalle, mentre usciva dalla porta.

«Difficile, visto che non compro nemmeno il gratta e vinci», mormorai con un sospiro, mentre richiudevo a chiave la porta.

Gettai la lettera sulla scrivania con l'intenzione di continuare il mio lavoro e di leggerla più tardi. Dovevo ancora scaricare gli ordini arrivati e leggere le restanti e-mail. Inoltre ero in ritardo per fare gli ordini degli articoli natalizi, ma continuavo a fissare il logo dello studio legale sulla busta come se fosse un'immagine ipnotica.

Una raccomandata da parte loro non poteva portare che guai. Per quale motivo mi avevano scritto? L'unica azione illegale di cui ero stata colpevole era successa trent'anni prima e ormai doveva essere andata in prescrizione.

Dovevo sapere. L'aprii e tirai fuori un foglio di carta intestata con una comunicazione che copriva a malapena mezza pagina.

OGGETTO: disdetta del contratto per finita locazione.

In qualità di locatore dell'immobile sito in via Casoretto 1, Milano, sulla base di quanto stabilito dagli artt. 2 e 3 della L. 9 dicembre 1998, n.431, Le comunico che non intendo rinnovare, alla prossima scadenza, il contratto di locazione indicato in oggetto.

La invito, pertanto, a lasciare libero l'immobile condotto in locazione, libero da persone e cose, entro e non oltre sei (6) mesi dalla ricevuta della suddetta. Successivamente l'immobile verrà messo in vendita.

In quella stessa data provvederò, inoltre, a verificare lo stato dei locali e a ritirare le chiavi del negozio. Contestualmente, verrà redatto verbale di riconsegna.

La cauzione sarà restituita solo dopo aver verificato lo stato dei locali e l'osservanza di ogni obbligazione contrattuale.

In attesa di un cenno di conferma,
Le invio distinti saluti.

Il locatore
Mafalda Graziadei

Mi sentii venir meno, per fortuna ero seduta o mi sarei afflosciata come un palloncino bucato. Mi girava la testa, le mani si erano ghiacciate, mentre il cuore batteva impazzito nel petto.

Mafalda mi aveva sfrattata, non ci potevo credere.

Aprii nervosa il primo cassetto della scrivania dove tenevo il contratto di locazione, e feci scorrere le pagine fino ad arrivare alla data di scadenza: sei mesi giusti da oggi.

Come avevo fatto a dimenticarmene? Avevo dato per scontato che quella avrebbe rinnovato il contratto ancora una volta, ma con lei non c'era nulla di sicuro. Era un suo diritto rescinderlo e, anzi, mi stupiva che non lo avesse già fatto. Non mi aveva mai sopportato, per lei io ero come un foruncolo sulla fronte. La mia presenza nel quartiere le ricordava l'umiliazione subita in passato a causa di quel donnaiolo di suo marito. Non ero stata io a rivelare il suo tradimento, ma lei me ne attribuiva la colpa.

Alla fine si era vendicata, era questo il motivo per cui era passata. Non per il bonifico, ma per capire se avessi già ricevuto la sua raccomandata. Voleva godersi la scena della mia disperazione dal vivo, ma era stata troppo impaziente.

Mi accostai alla vetrina per guardare fuori il mio piccolo mondo. Amavo quel quartiere, avevo instaurato negli anni dei buoni rapporti di vicinato. Io che non avevo mai avuto radici, qui le avevo trovate.

Ero cresciuta in orfanotrofio, dove ero stata una bimba invisibile tra tante altre orfanelle. Qui invece ero "la Renata", una giovane commessa dell'erboristeria storica di zona, che poi, con il trascorrere degli anni, ne era diventata la proprietaria. Quella a cui chiedere un consiglio su una lozione per l'acne, una tisana per dormire, oppure per questioni "intime" più delicate. Insomma, una presenza affidabile e professionale a cui rivolgersi.

Cosa avrebbero pensato i miei clienti? Il negozio non era più affollato come una volta, qualcuno me lo aveva già fatto notare, proprio come quell'arpia di Mafalda. Se avessi chiuso l'attività, tutti avrebbero creduto in un fallimento.

E poi, come avrei potuto sopportare di vedere la delusione sul volto di Geremia? Stavo rischiando di perdere ciò che lui aveva costruito, la ragione della sua vita. Lui e la moglie Ines avevano creduto in me, mi avevano sempre incoraggiato e sostenuto, come se fossi stata una loro figlia. Come avrei fatto a confessarglielo?

Inoltre, come avrei mantenuto me e Lupa? Certo, avevo risparmiato qualche cosa in tutti quegli anni di lavoro, ma quanto sarebbero durati, contando anche l'affitto della casa da pagare?

24

Avevo superato i cinquant'anni, non potevo ricominciare tutto da un'altra parte. Chi mi avrebbe assunta alla mia età? Non sapevo fare altro che quel mestiere e la pensione era ancora così lontana.

Avevo sempre immaginato che dopo avere superato la mezza età sarebbe arrivato anche per me il momento di cogliere i frutti di quello che avevo fatto fino a quel momento. Invece ora mi ritrovavo allo stesso punto di quando avevo vent'anni, solo più matura e stanca. Dove avrei trovato la forza di ricominciare?

Quante domande senza riposta mi affollavano il cervello. Uno tsunami mi stava travolgendo, e la sua violenza stava spazzando via l'intera mia esistenza passata, presente e futura.

Lupa arrivò trotterellando e appoggiò la testa sulle mie gambe, leccandomi la mano che stringeva ancora la lettera. La presi in braccio, non protestò questa volta, sentiva che avevo bisogno del suo calore. Affondai il viso nella sua pelliccia. Non ero sola, lei era sempre al mio fianco con il suo amore incondizionato. Tuttavia questa volta non fu sufficiente, stavo per avere una crisi di panico.

Misi Lupa a terra e mi alzai a fatica per andare a prendere dallo scaffale una boccetta di Rescue Remedy, il rimedio del Dr. Bach per i momenti d'emergenza. Svitai il piccolo flaconcino e versai qualche goccia in un bicchiere d'acqua, per poi sorseggiarlo concentrandomi sul gusto amaro del brandy.

Dovevo ritornare lucida se volevo trovare una soluzione e non perdere tutto.

Inaspettate, risuonarono le prime note dell'aria della *Rondine* di Giacomo Puccini. La Tebaldi stava cantando, *Chi il bel sogno di Doretta*. Mi fermai ad ascoltarla, mentre facevo dei respiri profondi per riacquistare la calma.

Chi il bel sogno di Doretta
Poté indovinar?
Il suo mister come mai
Come mai finì?

Come si sarebbe comportata la soprano nei miei panni?

Quando non sapevo quale scelta fare, mi domandavo cosa avrebbe fatto lei al mio posto.

Mi ero inventata questa tecnica molti anni prima, quando Geremia mi aveva parlato del pensiero laterale, cioè l'osservazione del problema da diverse angolazioni per trovare la soluzione.

All'epoca ero molto giovane, non avevo capito molto. Ma mi era piaciuta l'idea, così l'avevo un po' ritoccata, chiedendomi appunto come avrebbe agito la soprano nei miei panni.

Fino a quel momento il mio sistema non mi aveva mai delusa.

Tornai a sedermi, mentre continuavo a sorseggiare l'acqua con il Rescue, ripensando alla sua vita. Mi tornò in mente un episodio in particolare, quando il teatro alla Scala di Milano le aveva preferito Maria Callas.

Per lei certo fu un duro colpo, era all'apice della sua carriera e qualunque teatro sul pianeta l'avrebbe accolta a braccia aperte. Scelse così di andarsene, piuttosto di combattere o subire l'ostilità scaligera nei suoi confronti. Nel gennaio del 1955, in compagnia della madre, si trasferì al *Metropolitan Theatre* di New York, dove ebbe un enorme successo. La sua apparente sconfitta si rivelò così una scelta vincente.

Magari avrei potuto pensare anch'io a qualcosa di diverso, forse avrei potuto dare una svolta alternativa alla mia esistenza...

Ma cosa andavo a fantasticare! All'epoca lei era ricca e famosa, e poteva permettersi anche di fare una scelta sbagliata. Io non avevo un soldo e non potevo certo rischiare!

Questi erano solo voli pindarici creati dalla mia mente per fuggire dalla realtà. Non potevo andarmene, la mia vita era tutta qui. A Casoretto ero arrivata molto giovane e dal giorno in cui avevo messo piede in erboristeria non l'avevo più lasciata.

Scossi la testa, cosa ne sarebbe stato di me?

Andai al computer e alzai al massimo il volume delle casse. Non volevo sentire più i miei pensieri che mi stavano facendo precipitare in un futuro simile a un profondo pozzo nero.

3

Erano gli anni '80 e Milano era lacerata tra la lotta armata tra Brigate Rosse e Nere, e dalle violente rapine di bande della malavita che terrorizzavano la città trasformandola in un Far West.

Ma era anche *"una Milano da bere, e da vivere"*, e i giovani si dividevano tra Paninari e Metallari, ognuno con il proprio abbigliamento e credo.

A me però tutto questo non interessava, il mio unico pensiero era trovare un lavoro. Avevo solo vent'anni, ero senza famiglia o amici, e dovevo imparare a sopravvivere da sola.

Ero arrivata da qualche giorno nella zona est della città, capolinea dell'ultimo tram preso durante la mia fuga. Mi ero rifugiata in un albergo di terz'ordine con l'idea che fosse solo una sistemazione per un paio di giorni.

Guardai dentro il borsellino, c'erano solo cinquantamila lire. Avevo anche quelli che avevo rubato a quel bastardo di Guido, però li avrei spesi solo in caso di estrema necessità. Scossi la testa arrabbiata con me stessa, mi sentivo in colpa per quel furto. Ma quei soldi me li doveva!

Scrollai le spalle per cacciare via quei pensieri colpevoli.

Ora dovevo pensare solo al mio futuro, e il primo passo da fare era trovare un impiego. Avevo però paura di farmi vedere in giro, Guido aveva amici ovunque ed ero terrorizzata che mi ritrovasse. Tuttavia, il mio spirito di sopravvivenza era molto più forte della paura, così uscii svelta per cercare un'edicola dove acquistare *Secondamano*. Ritornai poi veloce in albergo e domandai al portiere dove si trovasse il telefono.

«C'è un apparecchio in fondo al corridoio. Vuole dei gettoni?», mi chiese scorbutico senza staccare gli occhi dalla Gazzetta dello Sport.

«Sì, grazie.»

Mi fece segno di avvicinarmi al bancone. «Quanti gliene servono?»

Non sapevo cosa rispondere, alla fine ne presi una decina, sperando che bastassero. Mi sedetti al tavolino vicino all'apparecchio e aprii il giornale. Contattai tutte le inserzioni che pensavo adatte a me e, considerando quanto fossi disperata, risposi praticamente a ogni offerta, dalla lavapiatti alla segretaria. Ma collezionai subito una serie di *no, mi dispiace, non è qualificata*. Perdevo fiducia alla stessa velocità con cui acquistavo gettoni.

Alla fine, trovai un annuncio:

CERCASI apprendista commessa per erboristeria zona Casoretto (Milano)

Deve essere una persona gentile, precisa e onesta che abbia una forte voglia di conoscere i prodotti che espone e sappia come aiutare i clienti. Presentarsi in negozio per un colloquio conoscitivo.

Il negozio era a un centinaio di metri dall'albergo.

Non ero mai entrata in un'erboristeria. Quando vivevo con Guido non avevo mai una lira in tasca e, anche se mi fermavo ad ammirare le loro vetrine, piene di confezioni dai nomi floreali, alla fine passavo sempre oltre. Però ero "gentile e paziente" ma, soprattutto, ero disperata. Non mi restava altro che tentare.

Mi alzai di scatto e andai in camera per cambiarmi. Non avevo molto tra cui scegliere, per cui indossai l'unico abito adatto che possedessi. Era rosso, smanicato, con una fantasia di minuscoli fiorellini. Spazzolai i capelli e mi feci una treccia. Ero pallida come un lenzuolo ma non avevo cipria, né altri trucchi. A Guido non piacevano, sosteneva che li usavano solo le donne che volevano rimorchiare. Mi accontentai di passare sulle labbra del burrocacao e di pizzicarmi le guance. Un'occhiata veloce nello specchio, e corsi via prima di cambiare idea.

Arrivata davanti al negozio, però, mi mancò il coraggio di entrare. Ci voleva tanta faccia tosta per proporsi per un posto di lavoro senza avere le caratteristiche richieste. Di sicuro il titolare mi avrebbe cacciato.

Girai lì intorno per un po', un bel po', praticamente fino a conoscere la vetrina a memoria: i nomi delle creme per il corpo, delle tisane depurative, rilassanti, energizzanti...

Sarebbe stato bello lavorare in un luogo del genere.

Mi specchiai nella vetrina per controllare se fossi ancora in ordine e il vetro mi rimandò l'immagine di una giovane donna dallo sguardo spaventato vestita con un abito da poco prezzo, e con un labbro spaccato. Non facevo una grande impressione, perché avrebbero dovuto assumermi?

Ma non avevo altra scelta, per cui strinsi forte la copia del giornale per prendere coraggio, feci un grosso respiro e aprii la porta. La campanella sopra il battente squillò festosa e dal retrobottega uscì un uomo con il camice bianco. Era smilzo, sembrava un folletto, con la testa calva, il naso aquilino e sul mento un pizzetto rossiccio spruzzato d'argento. I suoi occhi vivaci mi osservarono bonari e il sorriso gentile che comparve sul suo volto mi fece trovare il coraggio di fare la mia richiesta.

«Buongiorno, vengo per l'offerta di lavoro che avete pubblicato sul giornale. Mi chiamo Renata Tebaldi».

«Come la cantante lirica?», domandò lui curioso appoggiandosi alla scrivania.

Alzai le spalle imbarazzata. «Chi ha scelto il mio nome all'orfanotrofio amava l'opera, o aveva uno strano senso dell'umorismo».

L'uomo annuì ritornando serio. «Quali sono le sue esperienze professionali?»

Imbarazzata, feci un passo indietro, nascondendo il giornale dietro la schiena. «Dopo il diploma in ragioneria ho lavorato come contabile nell'officina del mio ex fidanzato».

Lui mi guardò per qualche minuto, poi continuò. «Nessuna esperienza in negozio?»

Abbassai lo sguardo per un attimo, poi lo rialzai per continuare a perorare la mia causa. «No, ma ho letto che cercate un'apprendista».

L'uomo scosse la testa mentre incrociava le braccia sul petto. «Preferirei qualcuno con un minimo di esperienza come commessa», rispose lui paziente.

«Sono una grande lavoratrice e imparo subito», ormai lo imploravo, avevo un estremo bisogno di quell'impiego e tremavo all'idea di ricominciare a collezionare no al telefono.

«Mi dispiace», terminò l'uomo girandosi per prendere dei fogli vicino alla cassa.

Inutile continuare, non avrei ottenuto il posto. Le spalle si curvarono, mentre gli occhi si gonfiavano di lacrime. Mi sembrava di sentire la voce di Guido. «Sei una buona a nulla. Se non ti avessi preso io a lavorare nella mia officina, nessuno ti avrebbe assunto».

Anche in orfanotrofio mi ritenevano una bambina così timida da risultare quasi invisibile. Forse per questo nessuno mi aveva voluto adottare.

Come avevo potuto pensare di lavorare in un negozio del genere?

Girai la testa per asciugarmi gli occhi di nascosto, avevo ancora un po' di orgoglio e non mi sarei messa a piangere davanti a quell'estraneo. Dovevo solo uscire di lì, raggiungere la mia stanza, farmi un bel pianto liberatorio e poi mi sarei rimessa di nuovo a cercare.

«Mi scusi per il disturbo. Buongiorno», lo salutai mentre aprivo la porta per andarmene.

«Quanto le serve questo lavoro?», mi chiese brusco.

Mi fermai senza girarmi, perché sentivo la faccia bruciarmi dalla vergogna, e risposi a voce bassa. «Non ho una casa, per adesso vivo in un albergo economico, ma i risparmi che ho non dureranno molto».

«Non ha qualche amico?»

Scossi la testa, la voce non usciva più.

«Come si è fatta male?», domandò serio.

Appoggiai la mano sul labbro gonfio, come per nascondere il segno. Poi risposi veloce. «Ho sbattuto contro l'anta dell'armadio». In fondo era quasi la verità, mi vergognavo troppo per raccontargli la vertà, quasi fosse stata colpa mia.

Stette zitto qualche secondo, poi sospirò. «Facciamo una prova, l'assumo per tre mesi e vediamo come va. Che ne dice?»

Mi girai verso di lui, non potevo credere a quello che aveva appena detto. Non riuscivo a trovare le parole per ringraziarlo, chiesi solo. «Perché lo sta facendo?»

Sorrise. «Se non ci si aiuta tra di noi... Il mio nome è Geremia Diotiallevi, orfanotrofio di Napoli».

4

Lupa si alzò sulle zampe posteriori e infilò la testa sotto il mio braccio, lei era lì con me. Abbassai gli occhi per fissarli nei suoi fiduciosi.

Non riuscivo a trovare soluzioni, avevo bisogno di un aiuto, ma non ero abituata a chiederlo. Essere sempre stata indipendente era per me una fonte di orgoglio e ora, doverlo mettere da parte mi faceva sentire come quando in orfanotrofio mi obbligavano a mangiare il fegato perché faceva bene. Ne ingoiavo grossi pezzi per finire prima, ma riuscivo a stento a trattenere i conati di vomito per il sapore ferrigno e la consistenza viscida che scivolava, lenta, giù per la gola.

Esageravo? Forse, ma fin dall'infanzia mi ero sempre dovuta arrangiare, almeno fino a quando non avevo conosciuto Geremia e sua moglie Ines.

Ora loro vivevano in Portogallo, si sarebbero solo preoccupati se li avessi messi al corrente della situazione, e sarebbero voluti tornare in Italia.

Si erano trasferiti lì dopo aver trascorso una vacanza ospiti di una coppia di amici che vivevano da alcuni anni ad Algarve. La bellezza del luogo li aveva folgorati, e avevano deciso di trasferirsi e trascorrere la vecchiaia in quella grande comunità di italiani.

Così Geremia mi aveva proposto di diventare sua socia per poi subentrare nel contratto d'affitto dell'erboristeria. Ricordo ancora le sue parole gonfie d'orgoglio. «Sei brava, ora puoi farcela da sola».

A quanto pareva si era sbagliato di grosso, constatai amara.

Ma c'era Beppe, lui era la mia roccia. Bastava il suo sorriso semi nascosto dalla barba folta e una sua occhiata ironica per farmi tornare la calma. Di poche parole, da vero uomo di montagna, però quelle rare che tirava fuori riuscivano sempre a riportarmi nella giusta prospettiva. Avevo bisogno di lui in questo momento.

Ma era in città? Venerdì sera era tornato da una trasferta con il camion dalla Francia, e la sera dopo eravamo andati a mangiare una pizza sui Navigli. Quando aveva detto che sarebbe ripartito?

Non riuscivo a ricordare, poco importava, avevo già il cellulare in mano. Rispose al secondo squillo.

«Ciao Renata, tutto bene? Mi devo preoccupare?», aggiunse scherzoso. «Non mi telefoni mai, noi comunichiamo solo con WhatsApp», aggiunse ridendo.

Il suono della sua voce mi fece scoppiare in lacrime, non riuscivo ad articolare le parole.

«Dove sei?», mi chiese preoccupato.

Balbettai: «In negozio...»

«Stai calma, arrivo».

Doveva essere a casa perché ci mise poco ad arrivare. Quando aprii non mi lasciò nemmeno parlare, mi accolse tra le sue braccia. Il calore del suo corpo mi diede coraggio. Lupa, guaendo, si avvicinò a noi e appoggiò la testa fra le nostre gambe. Beppe si chinò e le fece una carezza.

Mi vergognavo del mio comportamento infantile, non sapevo come scusarmi di averlo fatto precipitare da me, ma non volevo infrangere quel momento con scuse imbarazzate e risposte gentili. Non ci eravamo più abbracciati, da quando la nostra storia era finita, qualche anno prima. Avevamo scoperto che funzionavamo più come amici che come amanti. Quell'abbraccio fu la mia madeleine proustiana, riportandomi alla mente il giorno in cui lo avevo conosciuto.

Era quasi l'orario di chiusura, avevo già fatto i conti della giornata e dovevo solo tirare giù la serranda. Era stata una giornata noiosa e desideravo soltanto andare a casa, infilarmi il pigiama e sdraiarmi sul divano. M'immaginavo già con una tazza di latte caldo, e magari qualche biscotto al cioccolato, mentre guardavo un film qualunque per anestetizzare il cervello.

Il campanello sulla porta mi aveva riportato alla realtà, avvisandomi che era entrata una persona.

Avevo alzato lo sguardo rassegnata a rimandare il momento di tornare a casa, quando vidi fermo sulla porta un uomo che si guardava in giro perplesso. Non assomigliava a quelli che frequentavano di solito la mia erboristeria, così attenti alla salute e all'aspetto. Era di costituzione massiccia, jeans stinti e camicia scozzese, con barba e capelli sale e pepe, sembrava un camionista appena sceso dal suo tir.

Senza saperlo, avevo indovinato il suo mestiere! Quante risate si era fatto quando gliel'avevo poi raccontato. Lui era il genere di uomo che preferivo, ma quest'ultima parte, gliel'avevo confessata solo parecchi appuntamenti dopo.

Mi ero diretta verso di lui sorridendo per trarlo d'impaccio. «Posso aiutarla?».

Aveva tirato fuori dalla tasca del giubbotto una delle mie gift card. «Ho ricevuto un buono da spendere qui. Ma non credo abbia qualcosa di adatto a me», aveva risposto guardando dubbioso verso lo scaffale dei prodotti maschili.

«Invece sono sicura che troverò qualcosa che faccia al caso suo», gli avevo risposto cordiale.

Mi ricordavo ancora il suo sguardo scettico. «Non sono tipo per quella roba lì», aveva sbottato lui sorridendo, mentre indicava le scatole con immagini di uomini palestrati. «La mia amica non mi conosce per niente, o forse desidera che io sia diverso da quello che sono in realtà», aveva poi mormorato sottovoce.

«Non vendo solo creme. Scommettiamo che trovo qualcosa che le piacerà?», avevo insistito caparbia.

Lui si era voltato verso di me e mi aveva fissato curioso, per poi annuire divertito. «Accetto la scommessa. Chi perde offre l'aperitivo».

Ci stava forse provando? Mi ero chiesta, ma ero stata al gioco, m'intrigava la ricerca di un prodotto per quell'uomo dall'aspetto tanto selvatico.

Mi ero guardata in giro. Ovviamente avevo dovuto scartare tutte le linee maschili per la cura del corpo. Aveva ragione, non era il tipo. Stessa cosa riguardo a tè e tisane varie. Alla fine mi ero soffermata su degli scatoloni ancora sigillati dietro il banco che erano arrivati nel tardo pomeriggio da un monastero sul lago di Como specializzato in prodotti enogastronomici.

«Forse ho quello che fa per lei», dissi indicando il pacco a terra.

«Sembra pesante, lo prendo io», rispose lui, sollevando la scatola e mettendola su uno sgabello.

Anche premuroso, niente male. Avevo pensato tra di me, mentre andavo a prendere nel cassetto un taglierino.

Dalla scatola avevo estratto una bottiglia impacchettata in fogli di carta marrone.

«Questo potrebbe essere di suo gradimento?», gli avevo chiesto ironica porgendogliela.

Aveva preso in mano la bottiglia, aveva tolto la carta che l'avvolgeva e inforcato gli occhiali per leggere gli ingredienti sull'etichetta: era un amaro alle erbe. Alla fine aveva sorriso. «Ha vinto la scommessa. A che ora la vengo a prendere per offrirle l'aperitivo?»

«Chiudo adesso. Andiamo?»

Tutta la stanchezza mi era scivolata addosso ed ero elettrizzata. Ancora non sapevo che da quell'incontro sarebbe nata una magnifica amicizia.

Beppe sciolse l'abbraccio. «Cosa ti è successo? L'unica volta che ti ho sentita singhiozzare così è stata quando ti ho portato Lupa da cucciola».

Non riuscivo a parlare, avevo paura di scoppiare ancora a piangere, così gli porsi la raccomandata. La lesse con attenzione, poi prese la busta dal tavolo e infilò nuovamente il foglio al suo interno.

«Dovevi aspettartelo. L'affitto era bloccato da troppo tempo e Mafalda attendeva solo che scadesse il contratto», sospirò tenendo lo sguardo fisso sull'intestazione della busta. Poi lo rialzò per guardarmi. «Hai cercato su Google se il negozio è realmente in vendita? Magari sta solo bluffando per aumentarti la locazione».

Lo guardai dubbiosa. Mafalda non era una che faceva le cose a metà, ma poteva anche darsi che Beppe avesse ragione. Così mi sedetti al portatile per cercare l'inserzione. Ci misi poco a trovare l'annuncio.

Vendesi
VIA CASORETTO, Milano Est, 20131, Milano

In via di forte passaggio veicolare e pedonale, comodo con mezzi di superficie, la MM Pasteur/Loreto, a due passi dal Polo Universitario, NEGOZIO UNA LUCE di mq 55 con retro, bagno a uso esclusivo e cantina.

Mi accasciai sulla sedia, leggere quelle righe rese tutto ancora più reale.

«Cosa farò senza il mio negozio? Non posso credere che stia capitando a me», mi lamentai mettendomi le dita tra i capelli.

Beppe prese una scatola di fazzoletti di carta appoggiata nell'angolo dei trucchi femminili e me la porse, schiarendosi la voce imbarazzato. «Non serve lamentarsi, dobbiamo invece pensare a come agire. Il primo passo è parlare con Mafalda per capire quali siano le sue intenzioni».

«Non penso che servirà a molto. Mi odia, punto. Questa mattina è passata con la scusa dell'affitto in ritardo, mentre invece voleva solo accertarsi che avessi ricevuto la sua raccomandata, e godersi magari la mia reazione» risposi sconsolata, mentre mi tamponavo gli occhi con un fazzoletto.

Beppe scosse la testa disgustato. «Quella megera ci

gode a fare del male alla gente. Un tentativo però lo devi fare», ribatté guardandomi deciso.

Restammo in silenzio per qualche istante.

«Il secondo passo sarà quello di contattare un avvocato per un consiglio legale. Non mi fido di lei, è capace di imbrogliarti. Chiederò in giro per trovarne uno che ci possa aiutare».

Annuii. «È una buona idea».

Era entrato subito in azione, costringendomi a emergere dalla mia autocommiserazione. Era una bella sensazione averlo al mio fianco.

«Poi, con calma e più lucidità, vaglieremo tutte le possibilità che abbiamo a disposizione».

Sussurrai un ringraziamento.

«Gli amici a cosa servono, se no?», rispose lui sdrammatizzando. Poi mi prese il viso nelle mani. «Non ti abbattere prima del tempo, forse non è ancora tutto perduto. In un modo o nell'altro, troveremo una via d'uscita. In ogni caso io non ti abbandono».

Accennai un sorriso e in quel momento squillò il suo cellulare, lo tirò fuori dalla tasca e guardò il nome. «Devo rispondere, è una chiamata di lavoro», si scusò uscendo dal negozio.

Mentre aspettavo che tornasse rilessi l'annuncio: in sole tre righe impersonali e scialbe era racchiuso tutto il mio mondo. Bastava che qualcuno rispondesse all'annuncio e in breve tempo sarebbe stato cancellato il mio lavoro di trent'anni.

Il ritorno di Beppe mi riscosse dai miei pensieri. «Devo andare, ho una consegna urgente nelle vicinanze, ma forse so già a chi puoi rivolgerti per avere informazioni legali, devo solo verificare. Ti faccio sapere più tardi».

Si piegò per baciarmi la guancia, una carezza a Lupa, e se ne andò scoccandomi un'ultima occhiata preoccupata, mentre passava davanti alla vetrina.

5

Ora che Beppe se ne era andato, stavo sprofondando di nuovo nello sconforto. Scrollai la testa e guardai Lupa. «Che ne pensi del suo piano d'azione? Non mi sembra un granché», commentai dubbiosa mentre lei mi osservava attenta con la testa piegata di lato, poi dimenò la coda e abbaiò in risposta.

Sorrisi. «Hai ragione: è di sicuro migliore del mio, cioè nessuno».

Era inutile continuare a rimanere seduta a lamentarmi. Mi alzai dallo sgabello e andai nel minuscolo bagno nel retrobottega per darmi una rinfrescata. Avevo pianto tanto e immaginavo che il mio volto fosse un disastro, ma non fino a quel punto. Lanciai un lamento strozzato quando mi specchiai. Per forza Beppe si era preoccupato vedendomi, avevo una faccia orribile. Il viso era gonfio, gli occhi e le guance arrossate, per non parlare dei capelli scarmigliati.

Presi l'asciugamano vicino al lavandino, lo bagnai con dell'acqua fredda e quindi tamponai palpebre e guance arrossate.

Poi dal cassetto tirai fuori un collirio al fiordaliso e misi qualche goccia negli occhi per attenuare l'irritazione. Infine spalmai sul viso un velo di crema lenitiva alla calendula. Una vigorosa spazzolata ai capelli ed ero di nuovo quasi presentabile.

Le campane della chiesa suonarono le dodici. Una mattinata incantevole si era trasformata in un incubo e quello scampanio festoso m'irritò. Avrei preferito delle campane a morto, molto più in sintonia con il mio umore. Guardai il computer, non avevo combinato nulla e avrei fatto meglio a rimettermi al lavoro.

Prima però dovevo chiamare Mafalda.

Lei, come ripeteva sempre, aveva l'abitudine di pranzare presto e se l'avessi chiamata mentre mangiava, Dio non voglia, si sarebbe intestardita ancora di più rifiutando qualunque mia richiesta.

Presi il cellulare, un respiro profondo e poi composi il numero. Suonava libero. Una, due, tre volte... partì la segreteria e mi affrettai a chiudere la chiamata. Non volevo lasciare messaggi, preferivo non annunciarle il motivo della mia telefonata, anche se non ci voleva molto per capirlo.

Era inutile tornare a casa per pranzo, non avevo fame ed ero troppo nervosa. Presi una barretta energetica nell'espositore vicino alla cassa. Mi sarei fatta bastare uno degli spuntini vegani che avevo in vendita, e una tisana, meglio ancora una camomilla, così mi sarei rilassata un po'. Certo, non era il cibo "consolatorio" di cui avrei tanto avuto bisogno in quel momento, come ad esempio una confezione grande di Nutella da mangiare a cucchiaiate.

Tanto valeva rimettersi al lavoro, avevo ancora le e-mail da leggere e gli ordini della merce per le vendite natalizie da inviare. Quest'ultimo pensiero mi rituffò nello sconforto. Forse sarebbe stato l'ultimo Natale nella mia erboristeria. Perché acquistare altra merce se c'era la possibilità che tra qualche mese starei stata costretta a svenderla?

Ora basta! Quello era il periodo più proficuo dell'anno e mi servivano nuovi prodotti per aumentare gli incassi. Se avessi venduto bene, magari avrei potuto allettare Mafalda con un aumento dell'affitto. Il mio bonifico arrivava tutti i mesi, mentre chissà quando sarebbe riuscita a vendere il negozio.

Meglio un uovo oggi che una gallina domani, no?

Però si trattava di Mafalda, e con lei quasi niente era come doveva essere, per cui decisi di rimandare gli ordini. Prima dovevo parlarle, un giorno o due non avrebbero di certo fatto la differenza,

Guardai l'orologio, era passata mezz'ora. Non ce la facevo ad aspettare ancora. Riprovai a chiamarla. Niente da fare, suonò ancora a vuoto. Me la immaginavo osservare il cellulare sghignazzando, con quella perenne sigaretta che le penzolava dal labbro. Ne ero sicura, lo faceva apposta a non rispondere, mi voleva tenere sulla corda.

Mi guardai intorno, cosa potevo fare per ammazzare il tempo?

Spolverare gli scaffali! In effetti l'avevo già fatto qualche giorno prima, ma il negozio si affacciava su via Casoretto, una strada trafficata, e la polvere si accumulava subito. Presi uno straccio e mi misi a spostare le scatole dalle mensole per eliminare del pulviscolo inesistente. Raddrizzai poi tutte le confezioni, riempiendo i vuoti con altra merce, e rifeci anche la vetrina, nonostante non ce ne fosse bisogno.

Le mani lavoravano frenetiche, ma il pensiero era fisso sullo sfratto. Lo squillo del telefono mi fece sobbalzare. Afferrai il cellulare, era Beppe.

«Ciao, stai un po' meglio? Ho trovato un servizio di orientamento legale. Un amico mi ha detto che l'*Unione Artigiani* ha aperto uno sportello *Locazioni*. Basta solo associarsi per prenotare un appuntamento. Li puoi contattare telefonicamente per fissare giorno e ora, ti mando il numero così li puoi chiamare subito».

«Grazie», risposi asciutta.

«Non entusiasmarti troppo», protestò lui offeso dalla mia mancanza di entusiasmo. «Che cosa c'è che non va?»

«Non ho ancora parlato con Mafalda. Contattare un avvocato mi sembra un po' prematuro», risposi infastidita dalla sua celerità nel passare alle vie legali.

«Quella è una serpe, non è meglio se arrivi preparata? Non penso proprio che sarà conciliante con te, tanto vale almeno conoscere i tuoi diritti legali».

«Io però vorrei contattarli solo dopo il colloquio con lei», risposi testarda.

Sentii il sospiro di Beppe. «Almeno chiamali per avere un'idea generale, non ti costa nulla».

Non risposi, alla fine ero io che dovevo decidere.

«Fai come vuoi. Ciao».

Rimasi qualche secondo con il cellulare in mano. Quanto era stato veloce a mettere di mezzo gli avvocati, constatai stizzita, quelli sono maestri a complicare tutto.

Stava accadendo tutto troppo in fretta! Ero ancora sotto shock, avevo bisogno di tempo per elaborare. Guardai la raccomandata che giaceva sul banco, la ripresi in mano e la fissai come per trovare una qualunque soluzione nell'intestazione.

Il tempo non era dalla mia parte, e Beppe aveva ragione, pensai pentita del mio tono scostante nei suoi confronti. Si stava dando da fare per trovare una soluzione, e io lo ripagavo così. Sapevo che aveva ragione, ma nutrivo ancora una flebile speranza di riuscire a far cambiare idea a Mafalda.

Ripresi lo straccio in mano e continuai a spolverare. Lupa mi osservava, sdraiata sul suo cuscino, la testa appoggiata sulle sue zampette tozze.

«Sono una stupida a sperarci?», chiesi fermandomi davanti a lei. Come risposta mi sbadigliò in faccia.

«Inutile tergiversare».

Gettai di nuovo lo straccio sul tavolo e richiamai Mafalda. Lo feci squillare fino a che non cadde la linea. Quindi riprovai di nuovo per una, due, tre volte di seguito e alla quarta sentii la sua voce rauca.

«Che vuoi?», rispose sgarbata.

«Vorrei fissare un appuntamento con te per parlare dello sfratto e cercare una soluzione».

«Che c'è da parlare? La lettera dell'avvocato non è abbastanza chiara?»

«Me lo devi. Sono stata sempre una locataria puntuale nei pagamenti», protestai irritata.

«Non ti devo niente!», rispose con una risatina, seguita da un secco colpo di tosse.

Feci un profondo respiro per non perdere la calma, poi mi venne in mente qualcosa che avevo sentito dire una volta da Geremia. «Se non sbaglio, ho diritto di prelazione sulla vendita».

«Come se tu potessi permetterti di acquistarlo», rispose sibilando.

«È un mio diritto!», protestai battendo la mano sul tavolo.

Dopo qualche secondo di silenzio, cedette. «Se proprio vuoi farmi perdere tempo, vieni domani a casa mia alle undici».

«A quell'ora il negozio è aperto. Non possiamo fare nella pausa pranzo?»

«Non è un problema mio», rispose chiudendo la conversazione.

Non avevo scelta, era comunque meglio di un secco no.

Mandai un messaggio a Sara, la ragazza che mi aiutava qualche volta in negozio, per chiederle se potesse sostituirmi. Per fortuna era disponibile ma, anche se non fosse stato così, sarei andata lo stesso, da quell'appuntamento dipendeva tutto il mio futuro.

A scanso di equivoci, mandai anche un messaggio a Mafalda per confermarle l'incontro. Pareva un match di pugilato quello tra di noi. Ci stavamo studiando per misurare le nostre forze prima di arrivare allo scontro vero e proprio. Questo primo round lo aveva vinto lei, ma eravamo solo all'inizio, c'erano ancora tanti colpi da sferrare prima di dichiararmi vinta, o almeno lo speravo.

Risi amaramente rivolgendomi a Lupa, silenziosa uditrice delle mie pene. «Ma mi senti? Utilizzo termini della boxe. A forza di frequentare Beppe ormai ragiono come lui».

Però il paragone ci azzeccava, magari glielo avrei raccontato alla prima occasione per scusarmi del mio atteggiamento di poco prima, dopotutto non aveva avuto torto. Mafalda era furba, amministrava da anni gli immobili ereditati dai suoi genitori, mentre io ero ignorante in quel campo.

Sentii il bip che mi avvisava dell'arrivo di un messaggio, era di Beppe. Mi aveva inoltrato il numero di telefono dell'*Unione Artigiani* e il link al loro sito web. Lo aprii subito.

Nuovo sportello per gli "Associati Unione Artigiani"
È possibile usufruire del servizio di orientamento legale gratuito al fine di ottenere ogni necessaria informazione inerente al tema delle locazioni, tanto in qualità di proprietari, quanto in qualità di affittuari sia commerciali che private.

Il servizio nasce dalla necessità, sempre più crescente, di doversi destreggiare nei meandri normativi che spesso celano, ai non addetti ai lavori, diverse insidie, ma anche alcune opportunità.

L'obbiettivo è quello di fornire la possibilità di un ausilio rispetto alle ordinarie attività ed incombenze, quanto alle più sporadiche situazioni dinanzi alle quali ci si può venire a trovare nell'ambito delle locazioni.

Aveva proprio ragione, era quello che mi serviva. Composi il numero telefonico indicato, e un disco mi mise in attesa per qualche minuto. Spazientita, camminai avanti e indietro per scaricare la tensione, fino a fermarmi davanti alla fotografia autografata di Renata Tebaldi appesa al muro dietro la cassa. In quell'immagine sembrava non avere un pensiero al mondo, anche se in effetti non aveva avuto nemmeno lei un'esistenza semplice. Tuttavia aveva sempre seguito un suo codice morale e non aveva mai permesso a nessuno di sviarla dalla sua strada. Come era riuscita a essere sempre così sicura delle sue scelte? Avrei voluto anch'io possedere la sua forza di carattere.

Finalmente una voce maschile rispose al telefono, chiedendomi in che cosa potesse essermi utile.

«Buongiorno, mi chiamo Renata Tebaldi e la chiamo per un consiglio legale. Sono titolare di un'erboristeria, e oggi ho ricevuto una raccomandata di disdetta del contratto di affitto. Possono mandarmi via da un giorno all'altro?»

«In teoria non è possibile, ma per essere più preciso, dovrei vedere sia il contratto di locazione che la lettera. Le fisso un appuntamento».

«Ho una certa urgenza, vedo domani mattina la proprietaria per dei chiarimenti», risposi rimettendomi a camminare. Ero nervosa, stavo agendo spinta dalle emozioni.

«Non crede che sarebbe meglio se prima le spiegassi quali sono i suoi diritti?», ribatté lui paziente.

Aveva ragione, come ce l'aveva anche Beppe, ero stata troppo avventata a contattare subito Mafalda, ma ormai non ci potevo fare più nulla.

«Se rimando l'appuntamento, ho paura che non ci sia un'altra occasione per parlarle. La proprietaria non è una donna facile», commentai un po' imbarazzata.

Sentii un grosso sospiro dall'altra parte del telefono. «Le illustro i suoi diritti fondamentali, le saranno utili per non arrivare impreparata».

Presi carta e penna da un cassetto, mi sedetti e cominciai a scrivere. Quando ebbe finito di elencarmeli, mi ammonì severamente. «Si ricordi di non firmare nessuna carta senza prima il parere di un legale».

Lo ringraziai e gli assicurai che lo avrei ricontattato dopo aver parlato con la proprietaria del negozio.

Rilessi le mie annotazioni, ora mi sentivo più tranquilla. Avevo anch'io dei diritti e avrei lottato perché fossero rispettati. Guardai l'orologio, avevo ancora tempo prima dell'apertura del negozio. Misi gli appunti dentro una cartelletta trasparente e poi la infilai in borsa. Li avrei studiati con calma a casa quella sera.

Chiamai Lupa, che arrivò trotterellando allegra. Una passeggiata al parco Lambro avrebbe fatto bene a entrambe.

6

Sara il mattino dopo arrivò in anticipo, pronta a ricevere le istruzioni della mattinata. Rimase delusa, perché io scappai via per andare all'appuntamento con Mafalda.

Ero impaziente di affrontarla. Per tutta la notte non avevo fatto altro che immaginarmi scenari catastrofici, uno peggiore dell'altro. Per arrivare infine all'ultimo: lei era arrivata, dopo avermi fatto attendere molto a lungo davanti alla porta chiusa della mia erboristeria, e aveva sghignazzato sguaiatamente alle mie richieste, per poi dare le chiavi al nuovo proprietario, che si era presentato accompagnato dalla polizia per sbattermi fuori. Questo in effetti era un'esagerazione, ma col buio l'ansia dà il meglio di sé.

Avevo fatto la strada quasi correndo, così arrivai di fronte al suo palazzo in forte anticipo. Non mi andava di attendere lì davanti, così decisi di fare il giro dell'isolato, magari mi sarei calmata un po'.

Mi diressi verso l'abbazia di Casoretto, per svoltare poi a sinistra e sostare davanti alla Madonnina bianca nel minuscolo giardinetto incastonato al di fuori delle mura ecclesiastiche. Mi faceva sempre male vederla rinchiusa in quella brutta teca di vetro. Qualcuno mi aveva raccontato che non era sempre stata prigioniera dentro quella "scatola". Parecchi anni prima dei vandali le avevano tagliato le mani. Così per proteggerla, l'avevano rinchiusa. Ma pareva triste, così isolata dal mondo.

Non ero praticante, le affidai lo stesso una muta preghiera. In quel momento avevo bisogno di tutto il sostegno possibile, umano e divino.

Ripresi la mia passeggiata verso via Mancinelli. Superai lenta il centro diurno, la sede distaccata del Politecnico e il deposito dell'ATM.

In quella piccola via, nel 1978, due ragazzi appena diciottenni, Fausto e Iaio, frequentatori del Centro sociale Leoncavallo, vennero brutalmente assassinati da alcuni terroristi di estrema destra. In loro memoria c'era un grande murales e una targa commemorativa. Delle giovani vite spezzate dalla violenza.

Infine, per chiudere il quadrato prima del mio ritorno alla casa di Mafalda, c'era via Leoncavallo, dove appunto molti anni fa, c'era la vecchia sede del centro sociale ora trasferitosi in un'altra zona. Al suo posto avevano costruito un enorme casermone ricoperto di piastrelle bianco sporco assolutamente fuori luogo in quella zona di severi palazzi.

Camminavo osservando le vie come una turista in visita al quartiere, e ritornai col pensiero alla prima volta che avevo incontrato Mafalda Graziadei.

Ero stata assunta da poco tempo da Geremia, quando una mattina lei era entrata in erboristeria chiamandolo a gran voce. Quando mi ero avvicinata per chiederle se avesse bisogno di aiuto, mi aveva squadrata diffidente. «E tu chi saresti?»

Non feci in tempo a rispondere che lui era apparso al mio fianco e, dopo averla salutata, le aveva consegnato una busta bianca. «Ecco l'assegno per l'affitto».

«Se tutti i miei affittuari fossero puntuali come te», aveva replicato lei soddisfatta, mentre l'apriva per verificarne il contenuto.

Dopo averla infilata nella borsa, si era messa a curiosare per il negozio toccando e spostando gli oggetti sugli scaffali. Alla fine il suo sguardo si era soffermato di nuovo su di me che, imbarazzata, avevo continuato a spolverare.

«Quella chi è?», gli aveva domandato come se io fossi un soprammobile che stonava con l'arredamento.

«Renata, la mia nuova commessa».

«È belloccia. Ines non è gelosa?», aveva chiesto maligna continuando a fissarmi.

Anche lui mi aveva guardato come se mi vedesse per la prima volta. Mi ero sentita rimpicciolire dall'imbarazzo per la troppa attenzione.

«È geloso chi è insicuro e ha paura di perdere la persona che ama. Ines non ha di questi pensieri. A proposito, come sta tuo marito?», gli aveva risposto sornione girandosi verso di lei.

«Almeno hai chiesto le referenze?», aveva continuato quella imperterrita.

Lui non le aveva chieste e, d'altronde, io non ne avevo da offrirne, avevo pensato, preoccupata che forse Geremia si pentisse di avermi assunta.

«Ma almeno sai da dove arriva? Sembra una randagia».

«È una brava lavoratrice, solo questo m'interessa», aveva replicato secco. «Hai bisogno di altro?»

Mafalda aveva spostato lo sguardo su di lui, non pareva ancora pronta ad abbandonare la questione, ma alla fine se ne era uscita con una tossetta falsa e aveva cambiato discorso. «Mi offri una caramella al miele balsamico? Qui l'aria è talmente opprimente per i troppi profumi che mi ha preso la gola».

Geremia le aveva allungato il vaso delle pasticche, dove lei aveva tuffato la mano per agguantarne una manciata. Poi, con un grazie a fior di labbra, se ne era andata lasciando dietro di sé un odore sgradevole di perfidia e profumo a buon mercato.

«Quella è Mafalda Graziadei, la padrona del negozio. Non te la prendere, è nella sua natura diffidare di tutti», aveva commentato lui. «Assaggia una pasticca all'eucalipto, dilata i polmoni. Ne hai bisogno, stai ancora trattenendo il respiro per colpa sua».

Eravamo scoppiati a ridere all'unisono.

«A proposito, mia moglie mi ha chiesto di invitarti a pranzo domenica. Non preoccuparti, non ti vuole esaminare», aveva aggiunto lanciandomi uno sguardo divertito.

«Grazie», avevo risposto arrossendo, mentre ripensavo alle parole maligne di Mafalda. Ma il mio imbarazzo non era stato solo per quello. Come ci si comportava a un pranzo domenicale in famiglia? Per me sarebbe stata un'esperienza nuova.

Ripensare ai miei due amici e al loro sostegno, mi caricò di energia, come se quest'ultimi fossero i miei personali angeli custodi.

Ormai avevo chiuso il quadrato ed ero ritornata davanti al portone. Controllai l'orologio, era l'ora fissata da lei, così suonai al videocitofono.

«Secondo piano», e poi lo scatto di apertura.

Salii gli scalini a due a due, per trovarmi davanti a Mafalda in attesa. «Cosa vuoi?», disse mentre mi faceva cenno di entrare.

Come se non lo sapesse!

La seguii lungo un corridoio buio in fondo al quale si apriva la cucina. L'aria viziata dalle tante sigarette e dagli effluvi dei colori a olio era soffocante.

Mi guardai intorno curiosa, non ero mai stata a casa sua in tutti quegli anni.

Le porte delle stanze erano tutte chiuse, ad eccezione di quella che dava sul salotto. Rallentai il passo per spiare dentro. Le tapparelle erano semi abbassate e l'arredamento era vecchiotto, pareva risalire agli anni '70, probabilmente era quello acquistato per il suo matrimonio. Le pareti erano interamente ricoperte dai suoi dipinti, con al centro della stanza un divano malandato di pelle marrone a due posti e di fronte un piccolo televisore. Appoggiata a una parete c'era una libreria con dei grossi volumi patinati, quasi sicuramente d'arte, l'unico argomento che le interessasse oltre ai soldi e a tormentare i suoi affittuari.

«Che stai guardando?», chiese girandosi sospettosa.

La raggiunsi in fretta. «Nulla».

Mafalda si diresse verso i fornelli per versarsi una tazza di caffè, senza ovviamente offrirmene una. Quindi si sedette al tavolo con l'onnipresente sigaretta tra le dita.

Occupai, senza esserne stata invitata, la sedia di fronte a lei, ero pronta al combattimento.

«Perché non mi hai detto che volevi vendere il negozio?», chiesi calma, appoggiando la borsa sul tavolo.

«Perché avrei dovuto dirtelo? È roba mia», rispose sgarbata.

«Ti pago puntuale tutti i mesi e lavoro lì dentro da più di trent'anni, era un mio diritto saperlo. Avresti

60

potuto aumentarmi l'affitto senza mettere di mezzo gli avvocati e un'agenzia immobiliare». Mi accorsi di aver alzato la voce. Dovevo calmarmi, non volevo fornirle un'occasione per litigare. Così mi appoggiai allo schienale della sedia tentando di essere meno aggressiva.

«Non sono tenuta a darti conto dei miei affari. Potevi farti sentire tu, sapevi che il contratto stava per scadere. Invece speravi che si rinnovasse un'altra volta in automatico senza aumenti, povera illusa».

Dentro di me contai fino a dieci prima di tentare di nuovo la via della conciliazione. «Possiamo trovare un accordo?»

Mafalda appoggiò la sigaretta mezza consumata dentro un vecchio portacenere di plastica costellato da segni di bruciature. Poi mi puntò gli occhi addosso, scuotendo la testa e sorridendo cattiva. «Non m'interessa aumentarti l'affitto, ho deciso di venderlo. Ormai sono vecchia e sono stanca di occuparmi d'immobili, desidero dedicarmi solo alla pittura».

«Vendi tutti i tuoi appartamenti e negozi?», chiesi con un filo di voce, anche se non m'interessava il destino degli altri immobili, ma solo del mio.

«Per adesso vendo l'erboristeria, ho già ricevuto un paio di offerte interessanti», rispose sempre sorridendo. I suoi occhi sporgenti erano fissi nei miei, succhiando da essi ogni granello di speranza.

Distolsi lo sguardo per rivolgerlo su una parete dell'anticamera dove era appeso un suo quadro a olio, uno dei più brutti che avessi mai visto. Ritraeva una tigre dal muso deforme e le fauci spalancate, pareva volesse ingoiarmi. L'alternanza disarmonica di gialli, arancioni e marroni gettati sulla tela mi provocò un rigurgito amaro in bocca, incarnava l'incubo che stavo vivendo.

«Ti piace la mia tigre?», domandò vanesia Mafalda, accorgendosi del mio sguardo fisso sul quadro.

«Cosa significa che hai già delle offerte?», risposi scioccata.

Fece un altro tiro di sigaretta, poi si appoggiò meglio allo schienale della sedia. «L'agenzia immobiliare ha fatto bene il suo lavoro».

Alla fine distolsi gli occhi dal dipinto. Ero irrigidita sul bordo della sedia, le dita strette al piano del tavolo, quasi per costringermi a rimanere lì fino alla fine di quel tormento, mentre invece avrei voluto solo alzarmi e fuggire via. Con il respiro corto e affannoso, mi sporsi verso di lei e vomitai alla fine la mia ultima richiesta.

«Quanto vuoi?»

Schiacciò il mozzicone dentro il portacenere pieno. «Da quando sei così ricca? Ho sempre pensato che potessi permetterti a malapena il cibo per te e quella cagna che ti porti sempre appresso».

Feci finta di nulla, stingendo i denti a questa nuova offesa, mentre replicavo la mia domanda. «Dimmi quanto vuoi».

«Centocinquantamila euro», esclamò decisa.

Rimasi senza fiato. «Dove la trovo una somma così alta?».

Mafalda sorrise cattiva. «Che ne so io? Chiedili a qualcuno».

Mi coprii il volto con le mani. Come avrei fatto? Centocinquantamila euro, erano tanti, troppi soldi.

Dopo qualche secondo Mafalda aprì un cassetto del tavolo. Si schiarì la voce, rompendo quella cappa di cupo silenzio, e fece scivolare davanti a me un bigliettino da visita.

Alzai lo sguardo e la fissai.

«Se proprio ci tieni ad acquistarlo rivolgiti a questo mio amico, lavora in zona. Fa prestiti a un tasso ragionevole».

Senza toccarlo, lessi un nome e un numero di cellulare.

«Uno strozzino?», le chiesi sottovoce.

«Se si tiene tanto a qualcosa, si fanno dei sacrifici», poi alzò le spalle. «Per quel che me ne importa. A me interessa solo venderlo, a te o a un altro non fa differenza. Decidi tu».

Infine sbuffò, guardando l'orologio sopra alla finestra. «Ora ho da fare, ti ho dedicato fin troppo tempo».

Senza quasi accorgermene, feci scivolare il biglietto in tasca, poi presi la mia borsa e mi alzai, ma non era ancora arrivato il momento di uscire di scena, toccava a me contrattaccare.

Mafalda non aveva fatto cenno a quali fossero le condizioni per lasciare il negozio, dava per scontato che me ne sarei andata senza obbiezioni. Beh, sarebbe rimasta delusa a sua volta e per questo ringraziai nella mia mente Beppe che mi aveva messo in contatto con l'*Unione Artigiani*.

La guardai negli occhi e sorrisi fredda.

«Mi sono rivolta anch'io a un avvocato, e mi ha spiegato che ho diciotto mesi di tempo prima di lasciare libero l'immobile. Tuttavia, se hai così tanta fretta di sbattermi fuori, mi puoi pagare i corrispettivi mesi del canone d'affitto come rimborso per il grave danno causato alla mia attività commerciale».

Lei mi guardò a bocca aperta, sioccata dal mio attacco a sorpresa. Ma non avevo ancora finito.

«Inoltre ho sessanta giorni di prelazione per farti un'offerta di acquisto».

«Cosa?», balbettò infine come se non avesse capito quello che avevo appena detto.

Poi distolse lo sguardo e fece un gesto di stizza alzando il mento.

«Vuoi che te lo ripeta? Ho diciotto mesi di tempo...».

M'interruppe seccata alzandosi di scatto dalla sedia. «È solo una perdita di tempo. Sappiamo bene entrambe che non hai i soldi, mi farai scappare degli ottimi acquirenti!»

«Non è un mio problema. Avresti dovuto avvisarmi quando hai deciso di vendere, e forse avremmo potuto trovare un accordo».

Ero furiosa, meglio andarmene prima di aggiungere qualcosa di troppo.

«Voglio una risposta al più presto su cosa intendi fare!», strillò lei rivolta alla mia schiena mentre mi dirigevo verso la porta a passo veloce.

Te la farò sapere allo scadere della mezzanotte del sessantesimo giorno, brutta megera!

«Te la comunicherò entro il termine prescritto», risposi invece senza girarmi.

Uscii e scesi a precipizio le scale. Forse questo round lo avevo vinto io, ma che magra consolazione.

7

Appena fuori dall'edificio mi appoggiai al muro, mi girava la testa al pensiero di quella cifra esagerata. Come avrei potuto trovare così tanti soldi?

Sospirai, almeno avevo guadagnato un po' di tempo per trovare una soluzione, ma non avevo tempo da perdere. Quella più ovvia era di chiedere un prestito in banca.

Non mi piaceva l'idea di avere debiti, ne avevo fatto solo uno in vita mia con Geremia quando mi aveva anticipato i soldi per pagare i corsi di specializzazione in tecniche erboristiche. Mi ricordavo ancora le notti insonni per l'ansia di non riuscire a rimborsarlo, anche se lui non mi aveva mai fatto pressione. Alla fine ce l'avevo fatta, ma mi ero promessa che quello sarebbe stato il primo e ultimo debito. Invece ora stavo valutando di venir meno a quella promessa e, anzi, progettavo addirittura di accendere un mutuo. Centocinquantamila euro: uno sproposito solo il pensiero.

Inutile rimuginarci troppo. Non volevo perdere il mio negozio, quindi dovevo andare subito in banca per chiedere informazioni.

Ma quanto erano pesanti quei passi, ogni metro che facevo sentivo la schiena incurvarsi sempre di più. Presi il cellulare e mandai un messaggio a Sara per comunicarle che avrei tardato ancora. Rispose che non era un problema, poteva fermarsi tutta la mattina.

La mia banca era a dieci minuti dall'erboristeria. L'avevo scelta perché era stato loro cliente anche Geremia, così mi era venuto naturale aprire lì anche il mio conto corrente.

Dopo pochi minuti ero davanti all'agenzia, salutai la guardia all'entrata e superai le due porte blindate che davano accesso a un grande unico ambiente sigillato dal mondo esterno. File di persone erano in attesa davanti agli sportelli.

Il mio disagio si era attenuato perché conoscevo quasi tutti gli impiegati, ogni settimana passavo da loro per depositare l'incasso. Inoltre alcuni erano miei clienti, come Piera che mi stava facendo un cenno con la mano per chiedere di avvicinarmi al suo sportello.

«Buongiorno Renata, pensavo proprio a lei. Ho finito quella cura che mi ha consigliato per alzare le difese immunitarie. Me ne mette via un'altra scatola?», mi chiese gentilmente.

«Passi quando preferisce, ne ho una scorta abbondante in negozio», le risposi. Ne approfittai per domandarle se fosse possibile parlare con il direttore.

«Sì, certo. Glielo chiamo subito», mi rispose lei sorridendo.

Alzò la cornetta del telefono e parlò per qualche secondo. Poi si rivolse di nuovo a me. «Può aspettare dieci minuti? Ha un cliente in ufficio, ma ha quasi finito. Nel frattempo, può attenderlo lì», indicandomi delle poltroncine vicino alla vetrina.

Andai a sedermi, e per distrarmi osservai le persone che passavano in strada. Mi sentivo così impotente, mentre speravo in un aiuto, separata dal mondo esterno da una parete di vetro, mentre la gente passeggiava indifferente alla mia angoscia.

Alla fine venni distolta dai miei cupi pensieri da una voce maschile.

«Buongiorno signora Tebaldi. Come va?», mi salutò il direttore dell'agenzia.

«Ha due minuti da dedicarmi? Vorrei chiederle un consiglio», gli dissi alzandomi in piedi.

M'invitò a entrare nel suo ufficio e si accomodò alla scrivania davanti a un computer, indicandomi una sedia davanti a lui.

Ero imbarazzata, non sapevo come iniziare il discorso. Mi guardai intorno per prendere coraggio, ma era un ambiente così grigio e claustrofobico: una scrivania, un appendiabiti in un angolo con un cappotto nero appeso, due poltroncine anch'esse nere e una pianta triste all'entrata. Accatastati dietro alla porta, su uno schedario di ferro, una colonna di copie del *Sole 24 Ore*.

Appoggiai la borsa a terra per poi riprenderla subito dopo.

«Qui è come in confessionale, non esce nulla da questa stanza», scherzò lui per mitigare il mio nervosismo.

«La proprietaria del mio negozio ha deciso di venderlo, così vorrei chiedere un mutuo per poterlo acquistare».

Ritornato serio, chiese il numero del conto corrente e lo digitò sulla tastiera del computer.

«Quanto le servirebbe?»

«La cifra intera, centocinquantamila euro».

«Ha sul conto circa ventimila euro. Ha altri conti correnti o entrate?»

«No».

Alzò lo sguardo dal monitor e mi domandò. «L'appartamento dove vive è di sua proprietà? Oppure ha qualche altra cosa? Terreni, seconde case o altro?»

«Niente di tutto questo, e sono in affitto».

A ogni sua domanda, vedevo il mutuo allontanarsi sempre di più.

«Qualcuno potrebbe garantire per lei?», mi chiese ancora guardandomi attento.

Non riuscii a rispondere, feci solo un cenno di diniego con la testa.

Il direttore si appoggiò allo schienale della sedia, fissando la mia borsa sulle ginocchia, forse per evitare di guardarmi negli occhi. Accennò un sorrisetto tirato che non auspicava nulla di buono e poi, con voce monocorde, enunciò il suo verdetto.

«La banca può erogare fino a un massimo del 50% del valore dell'immobile per quindici anni di mutuo, ma dobbiamo avere delle garanzie. Purtroppo, lei non ne ha».

«La mia attività è ben avviata e il conto non è mai andato in rosso. Questo non conta?», provai a ribattere.

Era imbarazzato, ma io lo ero ancora di più. Capivo le sue motivazioni, ma settantacinquemila euro erano insufficienti, anche se avessi aggiunto diecimila euro dei miei.

«Se qualcuno potesse garantire per lei, forse potrei arrivare al 60%, ma solo perché è un'ottima cliente da trent'anni, e prima di lei lo erano i vecchi proprietari dell'erboristeria».

«Non ho mai nemmeno discusso i tassi d'interesse anche se ogni anno si sono assottigliati sempre di più, fino a sparire. Davvero non mi può aiutare di più?», domandai quasi implorante.

«Non posso fare altro», rispose scuotendo la testa.

«A me serve l'intera somma. Ci deve essere una soluzione», ripetei sorda a quello che aveva appena detto.

Si allungò verso di me, come per farmi arrivare più chiaro il suo messaggio.

«Le assicuro che se potessi fare di più, non esiterei. Ma i piccoli imprenditori come lei non hanno un introito stabile che possa assicurare la restituzione dei soldi. Se fosse stata una dipendente con uno stipendio fisso, la banca le avrebbe concesso volentieri un prestito maggiore. Deve capire la nostra posizione».

Che altro potevo ribattere? Abbassai gli occhi avvilita.

«Non ha un compagno che abbia un introito regolare, o qualcuno che possa garantire per lei?», insistette ancora.

«Come ho detto prima, non ho nessuno che possa farlo», risposi umiliata alzando lo sguardo.

Alle sue spalle c'era un manifesto a cui prima non avevo fatto caso, *"Noi siamo qui per te!"*. Mi scappò una risatina sarcastica. Avrebbero dovuto modificare la frase in *Noi siamo qui per i tuoi soldi!*

Il direttore si voltò per vedere cosa stessi osservando, ma si rigirò subito imbarazzato, si avvertiva che gli dispiaceva non potermi aiutare maggiormente. Borbottò delle scuse, ma non c'era più nulla da dire.

Ci tolse dall'imbarazzo un impiegato che si affacciò sulla porta dell'ufficio per avere la sua firma su una pratica e, in contemporanea, il mio cellulare vibrò per una chiamata in arrivo.

«Non posso fare altro, mi dispiace. Pensi a quello che le ho detto», mi liquidò veloce, volgendo l'attenzione ai fogli del collega.

Lo ringraziai del suo tempo e uscii in fretta dall'agenzia.

Avevano ragione quelli che dicevano che le banche prestano i soldi solo a chi ce li ha già. Non so cosa mi fosse passato per la testa, ero così sicura che mi avrebbero fatto il prestito. Ma non avevo garanzie, non possedevo nulla, nemmeno un compagno. Quello che si era avvicinato di più a esserlo, era stato Guido, la peggior disgrazia che mi fosse capitata. Ringraziavo ogni volta il cielo di essermene liberata.

Mi fermai di botto in mezzo alla strada, a chi potevo rivolgermi?

Il cellulare vibrò di nuovo, questa volta per un messaggio. Lo tirai fuori dalla borsa, era di Geremia.

"Mafalda mi ha mandato un'e-mail per avvisarmi dello sfratto. Chiamami appena possibile. Dobbiamo parlare".

Perfetto, il mondo mi era ufficialmente crollato addosso.

8

Infilai le mani nelle tasche del giaccone, trovai un cartoncino. Lo tirai fuori, era il biglietto da visita che mi aveva dato Mafalda. Un rettangolino di carta bianco anonimo, con scritto solo "Calogero" e un numero di cellulare. Niente altro.

Lo rigirai pensierosa tra le dita, poi mi scossi. Che mi passava per la testa? Il telegiornale raccontava spesso storie di gente rovinata dagli usurai. Chiedere soldi a loro equivaleva a diventarne schiava per sempre, era impossibile ripagare il debito.

Lo accartocciai e mi avvicinai a un cestino per gettarlo via, quando un altro pensiero mi bloccò. L'alternativa sarebbe stata domandare i soldi ai miei amici che non erano certo ricchi. Si sarebbero tolti anche il pane di bocca per aiutarmi, questo lo sapevo, ma non volevo che accadesse. Era necessario che trovassi da sola una soluzione valida.

Lisciai nel palmo della mano il biglietto. Avrei potuto fissare un appuntamento solo per capire quale fosse il tasso d'interesse, in fondo ero sempre in tempo per tornare sui miei passi. La banca mi avrebbe prestato circa la metà della cifra. Io quella gente girava in compagnia di cani potevo aggiungerne altri diecimila. Sarei così arrivata a un totale di ottantacinquemila euro, ma ne servivano altri sessantacinquemila euro.

Oppure era meglio fare un unico debito con lo strozzino? La banca avrebbe potuto anche tirarsi indietro all'ultimo momento.

Che confusione! C'era solo un modo per venirne a capo: contattare l'usuraio, poi avrei deciso.

Tirai fuori il cellulare dalla borsa e composi il numero. Dopo un paio di squilli, rispose una voce maschile.

«Pronto?»

«Il signor Calogero? Buongiorno, mi ha dato il suo numero Mafalda Graziadei. Avrei bisogno di un prestito».

Questi m'interruppe secco. «Non si parla di soldi al telefono. Se vuoi vedermi, mi trovi stasera alle otto in via Arquà, al secondo portone prima della Posta. Entra nel cortile, è sempre aperto. La prima porta a vetri a destra».

Poi chiuse la chiamata. Era stato inquietante, ma ormai avevo deciso, ci sarei andata.

Quella sera, dopo aver chiuso l'erboristeria, passai da casa per lasciare Lupa. Nei telefilm quella gente girava in compagnia di cani aggressivi, non volevo rischiare che la mia cagnolina facesse un incontro pericoloso.

Ormai il sole era tramontato già da ore sulla città. I lampioni accesi spandevano una luce arancione tutt'intorno, mentre alcuni passanti infreddoliti tornavano verso la propria abitazione.

In quel momento ebbi un *dejà vu*, l'atmosfera era la stessa della sera in cui ero stata investita. Anche allora ero appena uscita dall'erboristeria e stavo attraversando quelle strade.

Chissà perché mi era tornato in mente proprio adesso. Forse stavo per perdere, un'altra volta, ciò che era più importante per me?

Mi scrollai quei pensieri da dosso. Ero arrivata a destinazione, il luogo dell'appuntamento era distante solo una manciata di vie dalla mia casa.

Come mi aveva anticipato l'uomo al telefono, trovai il portone aperto ed entrai. Bussai alla porta indicatami, sembrava quella di una ex portineria.

«Avanti!», urlò qualcuno da dentro.

Lasciai la porta socchiusa. La stanza era spoglia, c'era solo una scrivania al centro con attorno alcune sedie di plastica bianco sporco. Dietro a essa era seduto un uomo sulla quarantina, di costituzione robusta, capelli neri incollati al cranio. Indossava una tuta in tessuto sintetico con bande bianche e nere che ricordavano uno Ying e Yang zigzagante per tutta la lunghezza del corpo. Ne ero ipnotizzata, non riuscivo a distoglierne lo sguardo, anche se mi provocava una leggera nausea.

«Che vuoi?», domandò lui senza alzare lo sguardo dal suo quadernetto scolastico a quadretti.

«Buonasera, ho telefonato oggi. Vorrei chiederle le condizioni per un prestito».

Alzò lo sguardo e mi fissò. «Ti manda Mafalda?»

Feci un gesto d'assenso con la testa.

«Quanto ti serve?»

«Centocinquantamila euro», buttai fuori.

«È una grossa cifra», commentò lui accennando un sorriso.

«Mi servirebbero con urgenza», continuai.

«Quello non è un problema. Per un'amica di Mafalda questo e altro», rise divertito, e quella risata mi procurò un brivido gelido nella schiena.

Che stavo facendo? Feci un passo indietro, poi mi fermai. Non dovevo essere vigliacca, ormai ero lì.

Tirò fuori dal cassetto una piccola calcolatrice e si mise a fare i conti.

Poi alzò lo sguardo, mi squadrò da capo a piedi, ed emise la sua sentenza. «Ogni mese mi dai il dieci per cento dell'intera cifra, e questo è un tasso di favore per la nostra comune amica. Immagino che tu non abbia garanzie, quindi non mi posso permettere di rimetterci con un interesse inferiore. Dopotutto ho una famiglia a cui rendere conto».

Non riuscivo ad articolare parola. Era pazzo? Pretendeva seimilacinquecento euro al mese!

Retrocedetti lenta verso la porta. «Ci devo pensare».

Fece una smorfia e tornò al suo quaderno. «Fai come vuoi, ma la prossima volta l'interesse potrebbe essere più alto».

Non risposi, mi girai e scappai via. Non mi fermai nemmeno quando raggiunsi via Leoncavallo, quasi avessi paura che mi rincorresse.

Come avevo fatto a essere così stupida da seguire un consiglio datomi da quella donna?

Distratta dai miei pensieri, scesi senza guardare dal marciapiede, e inciampai nel corpo di un uomo sdraiato a terra tra due auto parcheggiate. Spaventata, mi chinai per controllare se fosse ancora vivo.

Sentii una voce femminile dietro di me sospirare. «Quello lì, quando è ubriaco, si sdraia sempre tra due macchine posteggiate. Forse beve così tanto perché non trova il coraggio di suicidarsi, e spera che qualcuno gli faccia un favore, e lo uccida investendolo».

Mi girai per replicare, ma la donna se ne stava già andando trascinandosi dietro due borse pesanti della spesa.

Quanto si doveva essere disperati per un gesto del genere? Ma non lo ero anch'io, anche se in maniera diversa, per avere solo pensato di accettare un prestito da uno strozzino?

Signora Tebaldi, cosa avrebbe fatto al mio posto?, pensai disperata chiedendo soccorso alla mia omonima.

All'inizio della sua carriera, lei e la madre avevano vissuto solo dei risicati cachet lei che guadagnava cantando. Avevano dormito in alberghi di infima categoria, e cucinato in stanza su un fornelletto per risparmiare. Ostinata, aveva affrontato il freddo e la fatica per raggiungere i teatri di mezza Italia, cantando anche sotto le bombe. Ma da nessuna parte avevo mai letto che si fosse rivolta a un usuraio per avere una vita un poco più comoda. Non aveva mai accettato compromessi, era andata sicura per la sua strada, ed era quello che avrei dovuto fare anch'io.

Mi vergognai al pensiero che i miei amici venissero a conoscenza di quello che avevo appena fatto.

Era vero che chi desidera qualcosa deve osare, ma non potevo essere tanto folle da superare i limiti. Era il momento di fermarmi, mettere da parte l'orgoglio, e chiedere il loro aiuto.

Tirai fuori dalla tasca il biglietto da visita dell'usuraio e lo strappai in minuscoli pezzettini per poi gettarli nel cestino vicino al semaforo. Era quella la fine che avrebbero dovuto fare le persone come lui e la sua cara amica Mafalda.

Controllai attenta in entrambe le direzioni le auto che sfrecciavano veloci, un'abitudine che avevo preso dopo l'incidente accadutomi su quella strada tanti anni prima, e mi diressi decisa verso casa, Lupa mi stava aspettando.

9

Caccia al pirata della strada

Auto investe una giovane donna e poi si allontana lasciandola a terra. L'incidente è accaduto intorno alle ore venti in via Leoncavallo, strada periferica a est di Milano. La ragazza stava attraversando sulle strisce pedonali quando è stata travolta.

Nonostante le evidenti ferite, il conducente non si è fermato per prestare i primi soccorsi e ora è caccia al pirata della strada. Anche se è ancora poco chiara la dinamica dell'incidente, alcuni testimoni dicono di aver visto un'auto di grossa cilindrata con a bordo un uomo. A soccorrere la giovane sono stati proprio questi passanti, e poi un'ambulanza del 118 ha provveduto al trasporto all'ospedale Santa Rita.

Dalle prime notizie, la donna ha riportato gravi ferite ma non sembra in pericolo di vita.

Corriere della Sera, 15 settembre 1988

Finalmente mi avevano lasciata sola con il mio dolore. L'infermiera, dopo avermi somministrato un antidolorifico attraverso la flebo, era uscita dalla stanza.

Dio, fa che sia potente, perché il dolore mi sta uccidendo.

Non la sofferenza fisica, quella la potevo sopportare. Ma l'altra, quando il dottore mi aveva comunicato che avevo perso il mio bambino. L'aveva sputato tutto d'un fiato, e poi se n'era andato, lasciandomi il giornale con la notizia dell'incidente. Meglio così, non volevo parole sterili di consolazione.

Non avevo aperto bocca, solo chiuso gli occhi e girato la testa verso il muro. Mio figlio mi era stato strappato via, non riuscivo a pensare a nient'altro.

Il quotidiano scivolò a terra, mentre le mie dita torcevano le lenzuola lise dai tanti lavaggi, e il corpo affondava nel materasso, come se mi avessero aggiunto un masso nel ventre invece di strapparmi un minuscolo grumo di carne ancora sconosciuto.

Sentii aprire la porta della camera.

«Posso?»

Era Ines. Si avvicinò al letto e mi accarezzò i capelli. Il suo tocco gentile incrinò la mia corazza, le lacrime alla fine sgorgarono liberatorie. Le strinsi forte la mano, mentre singhiozzavo come non avevo mai fatto nemmeno da bambina.

«Ci sono qua io, vedrai, starai bene. Ti aiuteremo noi», mi sussurrò.

Dopo poco il buio artificiale del sedativo scese sul mio dolore.

Riaprii gli occhi qualche ora dopo. Ines era seduta di fianco al letto, e nell'attesa stava lavorando all'uncinetto dei grossi quadrati per una coperta. La stava realizzando per me, sarebbe stata il suo regalo per la nuova casa che mi aveva trovato.

Mi guardai intorno, ero in una camera con due letti, ma al momento l'altro era vuoto. Di fianco avevo un comodino di ferro con una bottiglia d'acqua e un mazzo di margherite, di sicuro li aveva portati lei.

«Ciao tesoro, come ti senti ora?», mi chiese dandomi un bacio in fronte.

Le sorrisi grata di quel gesto.

«È venuta la polizia per interrogarti, ma li ho mandati via. Ripasseranno più tardi».

«Mi dispiace darti tutto questo fastidio», risposi girando la testa verso la finestra.

Il cielo era plumbeo e s'intravedeva qualche lampo fra le nuvole cariche di pioggia.

«Sono qui, non ti lascio da sola», mi sussurrò Ines stringendomi in un abbraccio delicato.

Ero contenta che fosse lì a farmi compagnia, anche se mi vergognavo per quello che aveva di sicuro scoperto sul mio passato. Lei sembrò capire, perché mi sussurrò all'orecchio. «Ci racconterai tutto quando ti sentirai pronta».

Venimmo interrotte da Geremia che aveva appena varcato la porta della stanza. «Come sta la nostra malata?», chiese posando un sacchetto sul tavolino.

Mi lanciò uno sguardo preoccupato. «Sono andato a parlare con il medico. Ti rimetterai presto, ma comunque dovrai passare ancora qualche giorno qui dentro. Per la convalescenza non ti preoccupare, sarai nostra ospite», mi annunciò scambiando uno sguardo d'intesa con Ines.

Poi dal sacchetto prese un libro e, sorridendo, lo appoggiò sul letto.

Ero sopraffatta dalla vergogna, non riuscivo a parlare, né a ringraziarli. Erano così gentili, e io così colpevole nei loro confronti. Per non farmi travolgere dai sensi di colpa, presi il volume.

«È la biografia di Renata Tebaldi, la tua omonima» spiegò Geremia indicandomi l'immagine in copertina. «Personalmente l'ho sempre ammirata, oltre che per la splendida voce, anche per la sua volontà ferrea. Ti consiglio di leggerlo, potrebbe ispirarti».

Cosa potevo mai avere in comune con una donna di successo, e di un'altra generazione? Solamente il nome, pensai sorridendo triste.

Girai qualche pagina a caso, fino ad arrivare a una sua foto. Lessi la didascalia, *1948, la Traviata*.

Geremia si sporse per vedere l'immagine. «Lì è nei panni di Violetta. Conosci la trama?»

Feci cenno di no, mentre con un dito seguivo il suo profilo. In quel ritratto doveva avere pochi anni più di me, rideva felice guardando verso il cielo. La sua risata pareva forare la carta e arrivare al mio cuore.

«È una delle più famose opere liriche scritte da Giuseppe Verdi. Violetta Valéry, una giovane cortigiana parigina, per amore di Alfredo, decide di cambiare vita e di abbandonare Parigi. I due innamorati si trasferiscono in campagna, ma un giorno arriva il padre del suo amante, Germont, e chiede a Violetta di lasciare il figlio. La loro convivenza disdicevole rischia di far saltare il matrimonio dell'altra sua figlia. Violetta cerca di opporsi, ma alla fine si lascia convincere e scrive una lettera di addio all'amato, spiegandogli che ha nostalgia di Parigi e della sua vita passata. Alfredo, sconvolto dalla rabbia e dalla delusione, la raggiunge e la offende pubblicamente gettandole del denaro ai piedi. Verrà a sapere la verità troppo tardi. Quando torna da lei per chiederle perdono, Violetta è ormai in fin di vita a causa della tisi e, dopo un ultimo saluto, lei muore».

«Che storia triste», commentai sottovoce.

Violetta si era immolata per amore e anche io, anche se in maniera differente, avevo sacrificato me stessa sul medesimo altare. Ero stata plagiata appena uscita dall'orfanotrofio da un uomo che mi aveva usata per poi chiedermi il sacrificio più grande, uccidere in grembo nostro figlio.

Ma esisteva anche un altro tipo di amore, quello che Ines e Geremia mi stavano offrendo. Mi avevano protetto e accolto come una figlia, io che ero solo una giovane donna spezzata.

Non volevo più avere dei segreti con loro, dovevo farmi coraggio, e rivelargli la mia storia.

«Non volevo imbrogliarvi, ma non potevo nemmeno dirvi che ero incinta».

Mi girai verso Geremia. «Avevo paura che non mi avresti assunta, e io avevo un disperato bisogno di lavorare per mantenere me e mio figlio».

Geremia mi fissò serio, ero sicura che non mi avrebbe perdonato. Poi mi guardò e prese la mia mano tra le sue.

«La paura fa prendere cattive decisioni. Lasciamo il passato alle spalle, ma da questo momento in poi voglio la massima onestà da parte tua». Sembrò convinto da quello che vide nei miei occhi gonfi di lacrime di pentimento, perché sorrise soddisfatto e poi mi chiese se avessi visto l'investitore.

«Sono sicura che sia stato il mio ex fidanzato, Guido. Quando gli ho rivelato che aspettavo un figlio mi ha ordinato di abortire, ma io mi sono rifiutata. Mi ha picchiata, era così furioso, che ho avuto paura che mi avrebbe ucciso. Così l'ho spinto ed è caduto. Ne ho approfittato per scappare, ma prima ho preso i suoi soldi».

«Perché li hai rubati?», chiese severo lui.

«L'ho fatto d'istinto, per ferirlo in quello a cui teneva di più. In un primo momento ho pensato anche di restituirglieli, ma poi ho deciso che in fondo me li doveva. Per lui ero stata solo una ragazza giovane e carina da mostrare agli amici, da sfruttare gratuitamente come impiegata nella sua officina e domestica in casa. Li avrei però usati solo per il piccolo», aggiunsi alla fine quasi per giustificarmi.

Non riuscivo a sostenere lo sguardo della coppia, così continuai a girare le pagine del libro.

«Avrei fatto di peggio al posto tuo, quindi non farti venire tanti rimorsi», intervenne Ines per consolarmi.

Geremia sbuffò mezzo divertito lanciando uno sguardo alla moglie. Poi, ritornato serio, mi domandò, «Come fai a essere sicura che fosse lui?»

«Quando sono scappata da casa sua mi ha urlato che si sarebbe vendicato, e lui è uno che mantiene ciò che promette».

«Devi denunciarlo», concluse Geremia.

«Non posso farlo. Anche se ne sono certa, non ho nessuna prova. Per di più, io gli ho rubato dei soldi. È colpa mia se ha ucciso il mio bambino», conclusi schiacciata dalla consapevolezza a cui ero arrivata.

La coppia si scambiò un'occhiata, mentre io mi rimettevo di nuovo a piangere disperata.

«Non dire sciocchezze! Non eri tu che guidavi quell'auto. Considerando però il personaggio, è meglio essere prudenti. Diremo che non ricordi nulla dell'incidente. Non è strano dopo un trauma del genere perdere la memoria», concluse Geremia.

Ines mi spostò una ciocca di capelli dietro l'orecchio. «Per il passato, non si può far nulla per rimediare. L'importante è che da questo momento in poi tu sia onesta con noi, va bene?»

«Perché lo fate? Non sapete niente di me, solo che vi ho ingannato», domandai loro singhiozzando.

«Ormai fai parte della famiglia, e ci si aiuta tra di noi. Non c'è altro da aggiungere», rispose Geremia appoggiando una mano sulla spalla di Ines, mentre con l'altra stringeva la mia.

10

Fissavo nervosa il portatile di fronte a me, in attesa della videochiamata su Skype con Ines e Geremia. Rigiravo tra le mani la bottiglia di brandy che utilizzavo di solito per la preparazione delle boccette con i fiori di Bach. Quella sera però mi sarebbe servita per un altro scopo.

Riempii il bicchiere con il liquore ambrato e ne bevvi un sorso. Fu come un pugno nello stomaco, non ero abituata a bere superalcolici, ma speravo che anestetizzasse un po' la mia ansia. Stavo per perdere il negozio che mi avevano passato, il lavoro di tutta la vita. Come avrei potuto affrontare la delusione nei loro occhi?

L'avviso di chiamata ruppe il silenzio della casa facendomi sussultare. Mi sistemai meglio sulla sedia, versai ancora un goccio di brandy e ne bevvi un piccolo sorso per farmi coraggio, un lungo respiro, e infine accettai la richiesta.

Sullo schermo apparvero i loro volti abbronzati e sorridenti. Erano sulla terrazza della loro casa ad Algarve, alle spalle si intravedeva il sole che stava tramontando dentro l'oceano, colorando il cielo di pennellate dalle sfumature giallo aranciate.

«Ho ricevuto un'e-mail delirante da parte di Mafalda» esordì Geremia. «Scrive che ti ha dato lo sfratto e tu ti rifiuti di andartene. Mi accusa di essere in combutta con te, e di averti convinta a intentarle causa. Che storia è mai questa?», chiese divertito, accendendosi la pipa, una nuova abitudine presa da quando era andato in pensione.

«La prima parte è vera, ma non intendo farle causa. Ho rivendicato solo i miei diritti», sbuffai esasperata dalle esagerazioni di quella donna.

«Tesoro, perché non ci hai avvisato?». La voce affettuosa di Ines mi fece sentire in colpa.

«Non volevo che vi preoccupaste. Ve lo avrei detto alla nostra prossima chiamata. Inoltre mi vergogno molto. Forse se fossi stata più gentile nei suoi confronti, lei non mi avrebbe sfrattato senza avvisarmi».

Geremia intervenne brusco. «Lo sai che ce l'ha con te per quella vecchia storia! Non crearti colpe immaginarie».

Aveva ragione, era impossibile dimenticare, perché quel giorno la mia intera esistenza era cambiata.

Prima di allora Mafalda mi aveva considerato solo come un soprammobile dell'erboristeria, ma dopo quel tragico evento, ero entrata nella sua lista di persone da eliminare.

Erano passati ormai tanti anni, ma il ricordo era ancora vivido.

Come d'abitudine, la coppia mi aveva invitata a una cena "in famiglia", e in quell'occasione mi avevano comunicato la decisione di andare in pensione e di trasferirsi in Portogallo dove già vivevano dei loro amici. Ero stata molto contenta per loro, anche se mi ero un po' preoccupata per la ricerca di un nuovo posto di lavoro. Le mie ansie erano però durate poco, solo il tempo del cambio dei piatti e l'arrivo del dolce in tavola, perché Geremia mi aveva proposto di subentrargli nel contratto dell'erboristeria.

Ero rimasta senza parole, non potevo credere di aver ricevuto una proposta del genere, anche se non era quella che desideravo. Stavo infatti progettando di partire alla scoperta di nuovi paesi, non appena fossi riuscita a mettere da parte un po' di soldi. Non avevo mai pensato di fermarmi lì per sempre. Ma come avrei potuto deluderli? L'erboristeria era stata la loro vita per tanti anni e me la stavano passando come se fossi figlia loro.

Erano i miei amici più cari, avevano fatto così tanto per me.

Forse però era arrivata l'ora di diventare adulta e di cogliere quella fantastica occasione, non ne avrei avuto certo altre. Avrei potuto viaggiare nelle vacanze o quando fossi andata in pensione. Inoltre il lavoro in erboristeria mi piaceva, così alla fine avevo accettato grata la loro offerta.

Più tardi, mentre stavo tornando a casa ancora sbalordita per quello che mi era appena successo, venni distratta alla vista di una donna acquattata dietro un cespuglio in piazza Durante, mentre spiava una coppia in atteggiamento intimo dentro un'auto.

Aguzzai lo sguardo, mi sembrava di conoscerla: era Mafalda!

Se avessi continuato in quella direzione, sarei dovuta passare per forza davanti a lei, ma non avevo osato farlo. Così, per non farmi scoprire, mi ero rannicchiata dietro un camioncino parcheggiato a poca distanza.

In che situazione assurda mi ero messa, ma cos'altro avrei potuto fare? E poi, lo confesso, ero curiosa di scoprire chi stesse pedinando.

Passati circa dieci minuti, un uomo scese dall'auto. Un ultimo saluto all'amante, che era ripartita veloce. Riuscì a fare solo pochi passi, perché Mafalda gli si gettò addosso come una gatta impazzita.

«Vigliacco, da quanto va avanti questa tresca? Chi è quella sgualdrina?», gli aveva urlato colpendolo con la borsa su un braccio.

Quello era suo marito! Mi acquattai ancora di più, se Mafalda avesse scoperto che la stavo spiando, ne sarebbe nata una tragedia.

Dopo un breve tafferuglio, l'uomo era riuscito a bloccarle le braccia e, con calma, le aveva risposto senza nemmeno tentare di cercare una scusa. «È la mia donna». Poi l'aveva spinta lontano da sé.

A quelle parole Mafalda si era paralizzata, i pugni chiusi stretti al petto. «Così me lo dici? Dopo vent'anni di matrimonio?», aveva sibilato a denti stretti.

Lui aveva alzato le spalle con noncuranza, infilandosi le mani nelle tasche dei pantaloni. «Un modo vale l'altro, tanto te lo avrei confessato fra qualche giorno. Mi sono innamorato di lei e ho deciso di andarmene».

Lei lo aveva fissato per qualche secondo senza dire nulla, poi gli aveva tirato addosso la borsa.

«Non te lo permetto! Ti rovino davanti a tutto il quartiere».

«Provaci. Conosco tutti i tuoi affarucci loschi», le aveva risposto prendendola per un polso. «Per una volta sarò io che farò parlare gli altri di te. Sono vent'anni che ti sopporto con la tua meschineria. Mi andava bene perché mi eri utile, mi hai procurato un lavoro ben pagato e una casa comoda, ma ora è finita».

Si era abbassato per raccogliere la borsetta ai suoi piedi, e gliela aveva restituita.

«Hai portato la tua puttana a Casoretto. Non hai nessun rispetto per me», aveva strillato lei.

«Rispetto per te? Quello lo si deve guadagnare e tu non hai mai fatto nulla in proposito.»

Mafalda era scoppiata a piangere. «Ti amo come il primo giorno. Mi lasci per una sbandata con una donna più giovane. Ripensaci, torniamo a casa», lo aveva implorato.

L'uomo si era messo a ridere scuotendo la testa. «Amore? Non sai nemmeno cosa sia. Ero un bel ragazzo, tu eri benestante. Un affare andato bene a entrambi».

«Cosa ne sarà di me?», si era lamentata lei premendo gli occhi con le mani.

«Non ti preoccupare. Sei forte, te la caverai sempre. Passerò tra un paio di giorni per ritirare le mie cose. I figli non sono arrivati e la casa è già tua, non ci sono divisioni da fare. A me basta il mio lavoro e metà del conto in banca», aveva risposto lui guardandosi in giro.

Lei aveva alzato la testa, le lacrime erano cessate d'improvviso.

«Quei soldi sono miei. Lo stipendio lo versavi su un tuo conto privato», aveva protestato furiosa.

«Mi sembra giusto avere una buon'uscita per vent'anni di vita in comune. In cambio ti prometto una separazione veloce e senza scandali, e ti ricordo quanti tuoi peccatucci conosco», aveva risposto con un sorriso compiaciuto.

Mafalda gli aveva sputato in faccia. Lui aveva mantenuto la calma, si era asciugato la saliva dal viso, e

senza dire più una parola si era incamminato verso via
Catalani mollandola lì in mezzo alla strada.

«Se quella sera avessi deciso di fare dietro front e
prendere un'altra strada, tutto questo non sarebbe
successo, e forse ora non sarei a questo punto», constatai pentita per la mia curiosità giovanile.

«Il problema è stata Rosalba, che ha assistito anche
lei alla scena dal suo balcone, e alla fine ti ha visto sgat-
taiolare via. È stata lei a raccontare a tutto il vicinato la
triste fine del matrimonio di Mafalda. È stata scaltra,
ha scaricato la colpa su di te per uscirne pulita con
l'amica. Ormai è inutile rivangare il passato, non l'abbiamo convinta della tua innocenza allora, non possiamo fare nulla adesso perché abbia dei riguardi nei
tuoi confronti», concluse Geremia alzando le spalle.
«Torniamo al presente. Mafalda nella sua e-mail ha
scritto che vuoi acquistare il negozio, ed è quello che ti
avrei consigliato anch'io. Sei già andata in banca a
chiedere le condizioni per un mutuo?»

Riassunsi quello che era successo fino a quel momento: la lettera di sfratto, il colloquio con Mafalda e
poi la mia richiesta di un finanziamento. Ovviamente
tralasciai la mia visita dallo strozzino, li avrei fatti solo
preoccupare.

«La banca me ne concede una parte, e se trovo
qualcuno che garantisca per me, arrivo a novantamila

euro. Io ne posso aggiungere altri diecimila, ma sono ancora lontana da quello che lei pretende», risposi amareggiata.

«Abbiamo qualche risparmio da parte, ti potremmo prestare diecimila euro. Al momento non ne abbiamo bisogno», ribatté Geremia appoggiando la pipa nel portacenere. «Inoltre possiamo garantire noi per te».

«Questa mattina ho sentito telefonicamente Beppe, e si è offerto anche lui di prestarmene diecimila», risposi buttando giù un altro sorso di brandy. «Ma come ho detto anche a lui, non voglio privarvi dei vostri soldi. Però grazie, sono commossa del vostro sostegno».

Li guardai, avrebbero dovuto pensare solo a godersi la vita, invece si preoccupavano ancora per me. Anche se erano così lontani, rimanevano sempre la mia famiglia.

«Non essere sciocca!», ribatté stizzito Geremia. «Per noi sei come una figlia, perché non dovresti accettarli?»

«Sono i vostri risparmi, li avete messi via per la vecchiaia, servono a voi. Nemmeno Beppe può permettersi di prestami quei soldi, non è giusto!», risposi versando dell'altro brandy nel bicchiere. Ero nervosa, non volevo approfittare di loro, perché non lo capivano? Mi tremava la mano, qualche goccia bagnò il tavolo.

«Qui non si spende molto per vivere. Almeno pensaci», intervenne Ines, posando una mano su quella del marito per calmarlo, mentre si protendeva verso lo schermo.

Era ancora bellissima, nonostante gli anni e le rughe sottili le segnassero il viso abbronzato. Lei ne era orgogliosa, infatti quando qualcuno gliele faceva notare, citava i versi di Alda Merini: *Ogni ruga sui nostri volti è una storia vissuta con coraggio, orgoglio, sorriso, pianto, amore.*

Mia madre d'adozione e migliore amica, mi era stata sempre vicina, accettandomi senza giudicarmi.

In parallelo all'insegnamento dell'uncinetto, mi aveva anche educato a diventare indipendente e sicura di me. Ripeteva sempre che una donna non deve solo essere madre, moglie o, nel mio caso, erborista, ma era anche tanto altro. Mi aveva insegnato quanto fosse importante chiedersi ogni tanto, *Chi sono io e cosa voglio?*

Era quello che avrei dovuto fare ora.

Né avrei potuto nemmeno sperare in un padre migliore di Geremia, che mi aveva accolta e protetta quando ne avevo più bisogno, trasmettendomi il suo amore per le erbe. Mi avevano già dato così tanto, come potevo prendere anche il loro denaro?

Per qualche minuto rimanemmo tutti in silenzio.

«Non hai pensato che forse è arrivato il momento di fare altro?», mi domandò alla fine Ines.

«In che senso?»

«Con i nostri prestiti raggiungeresti centoventimila euro. È probabile che Mafalda non accetti questa cifra e...».

«Non essere pessimista. Sono dei bei soldi!», la interruppe seccato Geremia, buttando fuori una nuvoletta di fumo.

«Lasciami finire», gli chiese paziente. «Non hai mai preso in considerazione una soluzione alternativa all'erboristeria? Magari c'è un sogno che vorresti realizzare».

Ci riflettei per qualche secondo. «Quando ero giovane avrei desiderato viaggiare, ma ora mi basta farlo attraverso le foto sulle riviste di viaggio. Per me il tempo è passato, non ho più voglia di mettere lo zaino in spalla e partire all'avventura», risi divertita.

«Per seguire i sogni non si è mai troppo vecchi. Noi abbiamo venduto tutto e siamo venuti a vivere in Portogallo», obbiettò Ines.

«Ti ricordo che noi siamo andati in pensione, e avevamo la certezza di un'entrata fissa», la interruppe lui sempre più irritato.

«Non ti preoccupare Geremia. Ho già realizzato che non m'interessa più», lo rassicurai.

Mi misi a giocherellare con il bicchiere, mentre riflettevo sulla domanda di Ines.

Qualche anno prima Beppe mi aveva trovato una Panda di seconda mano, una vera occasione. Era appartenuta a una donna che la utilizzava solo per accompagnare i figli a scuola e per andare a fare la spesa, ma si era stancata presto di quel modello e l'aveva ceduta a un ottimo prezzo. Così l'avevo acquistata io e, in compagnia di Lupa, giravo per le cascine in cerca di prodotti freschi da vendere in erboristeria.

In questo modo avevo scoperto le valli e le montagne del nord Italia, ma soprattutto, quanto mi piaceva camminare nel silenzio di un bosco. Appena avevo del tempo libero, indossavo scarpe da trekking e bastone, e andavo per sentieri e boschi.

Facevo delle lunghe passeggiate solitarie dove raccoglievo le erbe curative, mentre Lupa correva seguendo gli odori della boscaglia. Mi piaceva sostare a parlare con i contadini di quelle zone che mi insegnavano gli antichi metodi di essicazione e conservazione delle piante.

Perdermi nei boschi, camminare per sentieri sconosciuti che sembravano addentrarsi tra le nuvole, era la mia forma di meditazione, in compagnia solitaria del fruscio delle foglie e il mormorio del vento.

Mi sarebbe piaciuta un'esistenza a contatto con la natura, e come una riflessione a voce alta, lo comunicai ai miei amici.

«Mi piacerebbe affittare una casa in un paesino di montagna. Potrei passeggiare nei boschi accompagnata da Lupa, studiare le erbe e vivere una vita tranquilla».

«E come ti manterrai? Ti metti a coltivare un orto e vivrai solo dei prodotti della terra? Oppure con i tuoi lavori all'uncinetto?», s'intromise Geremia ironico.

«Non vi preoccupate, non sono più una ragazzina. Lo so che è solo una fantasia», mi riscossi dal mio sogno a occhi aperti, ridendo anch'io della mia bizzarra idea.

«Amore, non essere così brusco», lo interruppe Ines, posandogli una mano sulla spalla. Poi si rivolse a entrambi. «Non mi pare un'idea così folle quella di trasferirti e mantenerti con i tuoi lavori. Per ora è solo una bozza di progetto, ma potremmo trovare il modo di realizzarla».

Geremia sbuffò irritato, spingendo via la mano della moglie. Lei sorrise divertita alla sua reazione, non si offendeva mai per i suoi modi bruschi, sapeva che erano solo dettati dalla sua affettuosa ansia per noi.

«Non preoccuparti di quello che pensano gli altri e, soprattutto, non farti condizionare dai loro consigli, anche se sono dati a fin di bene. Per essere liberi non c'è età. Abbiamo tanto su cui riflettere. Che ne dici se ci sentiamo fra qualche giorno?», propose.

«Siete i miei angeli custodi», risposi commossa.

«Sì, sì... piuttosto promettimi che andrai da Mafalda con una proposta d'acquisto. Se i soldi non bastano, ne troveremo degli altri», concluse brusco Geremia, posando la pipa ormai spenta sul tavolo.

«Ti vogliamo bene», poi brusco chiuse il collegamento. Non gli piacevano i lunghi commiati.

Finii l'ultimo goccio di brandy rimasto nel bicchiere. Mi girava la testa, ero un po' brilla, ma sapendo di averli dalla mia parte non vedevo più il mio futuro così cupo.

Guardai Lupa che dormiva sul divano e sospirai. Avrei voluto essere anch'io così serena.

11

La mattina dopo il bip della sveglia che mi trapanava il cervello, mentre Lupa saltava allegra sul letto leccandomi la faccia, mi costrinse ad aprire gli occhi.

Mi tirai su a fatica dal materasso, cercando di tenerla a distanza con una mano, mentre nel cranio un tamburo impazzava allegramente. Era l'effetto del brandy, non ero abituata a bere così tanto. O forse era il fatto di aver dormito malissimo per i troppi pensieri assillanti. Presi la bottiglia dell'acqua che tenevo sul comodino e bevvi un lungo sorso.

Mi ero rigirata nel letto gran parte della notte pensando a quello che era stato detto la sera prima. Fare un debito così grosso alla mia età significava portarselo dietro fino alla pensione. Ma l'aspetto peggiore era che comunque, anche così, avrei dovuto alleggerire i miei amici dei loro risparmi. Come potevo fare una cosa del genere? E soprattutto, quanto tempo ci sarebbe voluto prima di poter saldare il debito?

Però un tentativo con Mafalda ero obbligata a farlo, lo dovevo a Geremia. L'erboristeria era sempre stata il suo universo e non potevo rinunciare alla prima difficoltà.

E poi, come mi sarei mantenuta se avessi dovuto chiuderla? Non avevo voglia di cercarmi un lavoro come commessa, per troppi anni ero stata padrona di me stessa e non sarei stata in grado di sottostare al comando di altri. Inoltre era la sola professione che conoscevo.

Guardai la sveglia, ero già in ritardo. Mi trascinai in cucina per prepararmi un caffè, lo buttai giù con una pastiglia di Ibuprofene e poi m'infilai sotto la doccia per svegliarmi del tutto. Mi vestii in fretta e chiamai Lupa per andare in negozio.

Una volta arrivata mi sentii un po' meglio.

Per prima cosa mandai un messaggio a Mafalda scrivendole he volevo fissare un appuntamento per farle la mia proposta di acquisto.

Non sapevo nemmeno io cosa augurarmi. Se avesse accettato la cifra che avevo raggiunto con il prestito dei miei amici, mi sarei indebitata per tutta la vita. In caso contrario avrei dovuto ricominciare da capo. Avrei lasciato decidere al caso per me.

Rispose subito questa volta: *"Dove hai trovato i soldi? Lascia stare, non m'interessa. Sono solo curiosa di sapere che miseria vuoi offrirmi. Vediamoci domani alle quattordici"*.

Almeno aveva scelto un orario in cui il negozio era chiuso per la pausa pranzo. Confermai prima che cambiasse idea.

Posai il cellulare vicino alla cassa e mi girai verso Lupa seduta di fianco a me. «Ti autorizzo a morderla quando tutto sarà finito.»

Lei sbadigliò alla mia proposta, si alzò e si diresse lenta verso il suo cuscino.

Sospirai dalla frustrazione di non essere in grado di prendere una decisione, mentre andavo nel retrobottega per appendere giacca e borsa.

Accesi il bollitore per prepararmi una tisana al finocchio, avevo bisogno di qualcosa che mi depurasse il fegato dal brandy della sera prima. *Come sarebbe stato bello se ci fosse stata anche una tisana che mi depurasse da Mafalda!*, sospirai scoraggiata. L'avrei bevuta volentieri anche se fosse stata amara come il veleno.

Il campanello sopra la porta mi distrasse dalle mie lugubri fantasie.

Era appena entrata Teresa, una delle mie clienti preferite. L'avevo conosciuta quando si era trasferita nel quartiere dopo la morte del marito, più o meno nello stesso periodo in cui ci ero arrivata anch'io. Per me già allora sembrava anziana, sempre vestita di nero e con i capelli ingrigiti dal dolore. Era un'anima gentile, aveva sempre una parola d'incoraggiamento per quella giovane commessa così impacciata e alle prime armi come ero io all'epoca.

Era un piacere chiacchierare con lei, trovava una nota positiva in ogni cosa. Ora aveva superato i novant'anni e con il passare del tempo si era rimpicciolita, come se la vita e la magra pensione l'avessero prosciugata. La incontravo in giro per le strade del quartiere durante la sua passeggiata quotidiana, sempre con il suo carrello della spesa, dove riponeva i suoi pochi acquisti quotidiani.

Viveva da sola in un monolocale nello stesso stabile dell'erboristeria. Aveva un figlio, che però abitava con la moglie e i due figli in una villetta a Segrate. Lui era un uomo molto impegnato, direttore in una grossa tipografia. Per questo motivo veniva raramente a trovare la madre.

Teresa accettava la vita così come veniva, sempre con un sorriso. Sosteneva che era inutile intestardirsi per cambiare quello che non poteva essere modificato. Era una sofferenza inutile, e nella vita c'era già tanto per cui soffrire.

A volte acquistava nel mio negozio qualche tisana e delle caramelle balsamiche, non poteva permettersi molto altro. Altre volte scendeva solo per fare quattro chiacchiere, portando dei biscotti per Lupa. In cambio le regalavo delle saponette profumate. Era la nonna che mi sarebbe piaciuto avere.

Forse la sua compagnia mi avrebbe fatto dimenticare, almeno per un po', le mie preoccupazioni.

«Buongiorno Teresa. Come stai?»

«Qualche acciacco dell'età, niente di grave. Oggi ho una novità, sono venuta a fare spese folli».

«Hai vinto la lotteria?», chiesi, mentre le avvicinavo una sedia per farla accomodare. «Sto preparando una tisana. Ne vuoi una tazza?».

L'accettò volentieri. Le portai una tazza fumante che prese con entrambe le mani tremanti. Lupa arrivò trotterellando per salutare la sua amica che, come al solito, tirò fuori dalla tasca del cappotto un biscotto per lei.

«Vizi troppo questo cane», commentai sorridendo.

«Abbi pazienza, mi fa piacere, fino a quando posso farlo», rispose mogia. Appoggiò la tazza sullo scaffale di fianco e si abbassò per darle un bacio sulla testa pelosa.

Perché era così triste?

«Spese folli, come mai questa novità?»

«Mio figlio mi ha convinto a ritirarmi in un ospizio. Lui e la moglie sono preoccupati per me, hanno paura di trovarmi un giorno morta in casa», rispose con un groppo in gola. «Mi hanno regalato una grande valigia per riporre tutto quello che voglio portare con me. Il resto verrà buttato o regalato all'Opera San Francesco», girò il viso per non far vedere una lacrima che scendeva lenta sulla gota avvizzita.

Come si può stipare una vita lunga novant'anni in una sola valigia? O decidere quali ricordi gettare in un cassonetto? Soprattutto, come si poteva costringere la propria madre anziana a trasferirsi in un luogo del genere?

Bevvi un lungo sorso di tisana per impedirmi d'insultare suo figlio a voce alta.

«Così oggi voglio acquistare shampoo, profumi, saponi e doccia schiuma. Mi presenterò alla morte profumata e con la pelle liscia come il culetto di un bambino», esclamò ridendo per tentare di far svanire la malinconia che aleggiava come una nube nera sopra le nostre teste. Continuò ad accarezzare la testa di Lupa e, sottovoce, aggiunse, «Quanto mi mancherà questo cane».

«Non dire così, le case di riposo non sono più luoghi tetri,» le dissi sorridendo, anche se non ci credevo nemmeno io. «Lì ti farai delle amicizie, e ci saranno persone che si occuperanno del tuo benessere».

Teresa scosse la testa, poi mi rivolse un sorriso. «Ho un regalo per te».

Si mise a frugare dentro la borsetta malandata e tirò fuori una scatolina di velluto blu stinto e me la porse. L'aprii curiosa, all'interno trovai una catenina d'oro con un ciondolo ovale appoggiata su un cuscinetto di raso bianco. La presi tra le dita per osservare l'immagine della mediaglietta, una giovane donna che alzava lo sguardo per fissare un raggio di luce tra le sbarre.

«È sant'Agata, me l'ha regalata mio marito in viaggio di nozze. Eravamo andati a Catania per conoscere i suoi genitori, m'innamorai subito della Sicilia. Questo ciondolo era la nostra promessa di ritornarci a vivere quando avremmo messo da parte qualche risparmio».

Poi riprese la tazza in mano e continuò con il racconto. Parlava raramente del suo passato, questo era un momento prezioso quanto il suo dono.

«Ti ho mai raccontato come ho conosciuto il mio Mario?».

Scossi la testa curiosa.

«Lavoravamo entrambi al teatro alla Scala. Io ero una sarta, lui era un macchinista teatrale, montava e smontava le scenografie sul palco. Ci siamo conosciuti, innamorati e sposati in meno di due mesi. Gli anni passavano, abbiamo fatto studiare e poi sposare nostro figlio, continuando a rimandare sempre il ritorno in Sicilia. Ci ripetevamo sempre, *Quando finiremo di lavorare, ritorneremo*. Il destino ci fece un brutto scherzo, lui morì il mese in cui avrebbe dovuto andare in pensione».

Fece un grosso sospiro e un'altra grossa lacrima scivolò verso il mento. «Renata, non lasciare spegnere i tuoi sogni, perché poi non tornano più».

«Non posso accettarla, è stato il simbolo del vostro amore. Dovresti lasciarla a tuo figlio o ai tuoi nipoti», le dissi cercando di restituirle la catenina

Rise divertita. «Non ha un gran valore. Loro la getterebbero in un cassetto o nell'immondizia. Preferisco che la tenga tu, in ricordo della tua amica Teresa».

Mi allungai per stringerle forte la mano segnata dal tempo. Poi tolsi la catenina dalla scatola e la indossai.

«Grazie», non riuscivo a dire altro, avevo la voce rotta dalla commozione. Quell'anziana donna mi stava donando un suo sogno mancato e io lo accettavo con la promessa a me stessa, che avrei fatto di tutto per realizzare i miei.

«Ora diamoci da fare. Non ho molto tempo a disposizione, mia nuora viene a prendermi tra un'ora», esclamò Teresa alzandosi a fatica.

«Come prima cosa, una buona crema per le mani al miele e calendula. Ne ho una ottima a un buon prezzo», proposi tentando di apparire allegra.

«Oggi voglio solo il meglio. Paga mia nuora», rispose lei facendomi l'occhiolino.

Brava Teresa, almeno prenditi questa piccola rivincita su chi ti vuole chiudere in un ospizio, sussurrai tra me tirando fuori le creme più costose.

Alla fine raggiungemmo una cifra considerevole. Misi i suoi acquisti nei sacchetti aggiungendo parecchie bustine prova di creme e tisane, sapevo che ne andava pazza.

«Non provare a farmi uno sconto. Mio figlio è benestante, può permettersi di spendere», ridacchiò lei come una bimba colta con le mani nella marmellata. Mentre attendeva che finissi di battere lo scontrino, alzò lo sguardo sopra la cassa dove c'era la foto incorniciata di Renata Tebaldi.

«Ti ho mai raccontato che l'ho conosciuta quando lavoravo alla Scala?»

Mi girai di scatto. «Tanti anni che ci conosciamo e non me l'hai mai detto!»

«Sul serio?», rispose sorpresa.

Si alzò e staccò la foto dal muro. «La prima volta che la vidi era il dicembre del 1959, per l'inaugurazione della stagione del teatro. Avrebbe interpretato la Tosca di Puccini. Si mormorava che fosse la sua eroina preferita, perché come lei era un'artista, era religiosa, ma soprattutto era gelosa. Questo però accomunava anche me a loro», aggiunse maliziosa. «Io ero un'artista dell'ago, e non mi ricordo di avere mai saltato una messa. Inoltre ero gelosissima del mio Mario», rise a lungo di questa sua facezia, mentre si asciugava gli occhi con un fazzoletto.

«La Tebaldi tornava dopo una lunghissima assenza dal teatro, ed eravamo tutti emozionati per il suo rientro. In sartoria le avevamo cucito per il primo atto un magnifico abito di scena viola. Lei non era mica superstiziosa come tante altre».

Mi ricordavo di aver letto del suo rientro trionfale alla Scala, ma era un'altra emozione sentirlo raccontare da una testimone diretta

Ma Teresa non aveva ancora finito. «Appena salì sul palcoscenico, ci fu un applauso di oltre quattro minuti, il pubblico era impazzito. Anche noi eravamo dietro alle quinte per ascoltarla cantare. Fu magnifica», sospirò, riappendendo la foto al muro.

Non potei fare a meno di pensare che anche lei, così famosa, aveva scelto di cambiare strada quando era arrivata a un bivio. Teresa mi stava inconsciamente suggerendo la stessa cosa che mi aveva detto la sera prima Ines, era arrivato il momento di cercare una soluzione alternativa.

«Com'era da giovane?» domandai ritornando alla sua storia.

«Era una bella donna, ma con degli occhi tristi, di un azzurro intenso. Me la ricordo quella prima volta alla fine dell'opera, mentre riceveva i suoi ammiratori senza un filo di trucco. Indossava un semplice golfino marrone e una catenina d'oro, come quelle che si regalavano una volta alle bambine per la prima comunione. Con noi, era sempre gentilissima. Con quelli che conosceva da tempo si fermava anche a chiacchierare, chiedendo notizie della famiglia».

Stavo per farle un'altra domanda, quando una donna smilza entrò frettolosa in negozio. Teresa si spense quando la vide, indossando un sorriso scialbo che non le apparteneva.

«Ciao Enza, sei già qui? Come è volato il tempo!»

Quella sbuffò. «Hai finito?», poi senza aspettare risposta, tirò fuori un cellulare e si mise a chattare.

Indossava un abito nero, che metteva in evidenza l'eccessiva magrezza del suo fisico, e un cappotto sciancrato nella medesima tinta. Ero sicura che da soli valessero quanto un mese di affitto del monolocale della mia anziana amica. Finito di messaggiare, chiese il conto, estraendo la carta di credito da una minuscola borsetta.

«Ti sei data alla pazza gioia», commentò acida, mentre leggeva la cifra sullo scontrino e storceva le labbra sottili dipinte di un rosa pallido.

Divertita feci l'occhiolino a Teresa, che sorridendo abbassò gli occhi.

Sua nuora, ignara delle nostre occhiate, me la tese con le punta delle dita.

«Andiamo», le ordinò poi.

Era arrivato il momento dei saluti. Avevo gli occhi gonfi di lacrime, non sapevo cosa dire. D'impulso mi diressi verso il cesto dove tenevo i miei lavori all'uncinetto e presi uno scialle di lana rosso, una fiamma di coraggio, ne avrebbe avuto bisogno per vivere in quel luogo tetro dove era destinata a finire i suoi giorni.

«Questo è per te. Ti terrà calda», glielo avvolsi intorno al corpo, mentre la stringevo forte in un abbraccio.

«Che colore insolito per una donna anziana», commentò fredda sua nuora, ma la mia amica sorrise commossa. Fece un'ultima carezza a Lupa, mi sfiorò la guancia con un bacio, e uscì per sempre dall'erboristeria e dalla mia vita.

12

Ero già in ritardo per l'appuntamento con Mafalda, quando all'ultimo minuto entrò una cliente. Ci mise un'infinità di tempo a scegliere una crema viso, studiando tutte quelle che avevo in negozio per poi acquistare la prima che le avevo consigliato.

Quasi la spinsi fuori dal negozio, mentre mettevo il cartello CHIUSO alla porta. Come se non bastasse, ora che mi ero finalmente liberata di lei, si era messo anche a piovere. Per fortuna trovai un ombrello dimenticato da qualcuno nel portaombrelli all'entrata.

Ma, nonostante il ritardo, non accelerai il passo. Continuavo a pensare a Teresa. Non era giusto che fosse costretta a morire lontana dalla propria casa e dagli amici, dopo una vita di lavoro e sacrifici. Ma quello che era più triste, era che non erano riusciti a realizzare il loro progetto di andare a vivere in Sicilia.

Continuavo a ripetermi che la vita è beffarda, fa spesso lo sgambetto, ma per sopravvivere a volte si devono lasciare indietro i propri sogni.

Ma è veramente così?, mi sussurrava una vocina. *Forse basta un atto di coraggio per vivere un'esistenza in cui si è protagonisti.*

Accantonai questi pensieri quando arrivai davanti alla casa di Mafalda. Dovevo prepararmi per affrontarla.

Aprì subito il portone, quasi fosse in attesa davanti al citofono. Salii veloce le scale e la trovai che mi aspettava sul pianerottolo.

«Sei in ritardo di dieci minuti! Non ho tempo da perdere», fu il suo saluto.

Mi scusai con la sua schiena, si era già voltata per dirigersi verso la cucina.

Entrai dopo di lei, la stanza era ancora in disordine dopo il pasto. Piatti e pentole ammucchiati nel lavandino, e la tovaglia avvoltolata in un angolo del tavolo. Si sedette accendendosi una sigaretta, mentre io mi accomodavo di fronte a lei pronta alla battaglia.

«Allora?», mi domandò sorridendo ironica buttando fuori una nuvola di fumo.

Ero arrivata fino a lì, non potevo tirarmi indietro. Drizzai la schiena e, guardandola negli occhi, buttai fuori tutto d'un fiato. «La mia offerta è di centoventimila euro».

Mafalda mi fissò per qualche istante, per poi scoppiare a ridere sprezzante. «Ho già una società interessata che mi dà quello che ho richiesto. Perché dovrei accettare una cifra inferiore?»

Mi si mozzò il fiato, fino a quel momento avevo ancora sperato che fosse tutto un bluff. Certo, aveva un'agenzia a curarle l'affare, ma non pensavo che avesse già un potenziale acquirente.

«Chi sarebbe?», domandai con un filo di fiato.

Non che m'interessasse sapere chi avrebbe preso il mio posto, solo il pensiero mi faceva stare male, ma stavo annaspando perché non avevo un'offerta migliore da farle.

«Non sarebbero affari tuoi, ma è una agenzia funebre. Con una clinica e una chiesa nel quartiere, quella posizione è ideale».

Non era possibile! La morte avrebbe sostituito il mio bel negozio che celebrava la natura e la vita.

Presa dal panico, rilanciai d'impulso. «Il resto te lo pago a riscatto».

Me ne pentii subito dopo. In che guaio mi stavo cacciando? Sarei stata in debito, oltre che con la banca e i miei amici, anche con lei per il resto della vita.

Mafalda si appoggiò allo schienale della sedia, un sorriso divertito sulle labbra. Per qualche secondo mi osservò silenziosa mentre aspirava la sigaretta fra le labbra. Stava valutando la mia proposta? Sembrava una vecchia gatta randagia pronta a saltare addosso a un giovane topolino appena uscito dalla tana.

Trattenni il respiro in attesa della sua decisione che avrebbe cambiato, in qualunque caso, la mia esistenza.

Alla fine scosse il capo. «Non mi conviene, i compratori mi liquidano subito. Ormai sono anziana, non mi va di aspettare».

Della cenere le cadde sul tavolo, mentre io mi sentivo invadere dallo sconforto.

Abbassai lo sguardo sulle mie mani che stringevano il manico della borsa. Non avevo altro da dire, non mi rimaneva che andarmene, ma non trovavo la forza di alzarmi. Sentivo lo sguardo vittorioso di Mafalda pesare di me.

Non aveva ancora finito di masticarmi, perché la sentii schiarirsi la gola. Alzai lo sguardo.

«D'altra parte, quella è l'unica erboristeria di Casoretto, e non ce ne sono altre nelle vicinanze. Sarebbe un peccato doverla chiudere».

Mi si accese un barlume di speranza. Stava forse riconsiderando la mia proposta?

«Avrei pensato a una soluzione alternativa. Invece di venderla, potrei subentrare come tua socia».

«Cosa vuoi fare?», esclamai incredula.

«Non ti preoccupare, non verrei certo a lavorare con te in negozio, ma voglio avere potere decisionale sugli acquisti. Ho già fatto delle ricerche online, ci sono delle nuove linee erboristiche interessanti e, soprattutto, a buon mercato».

Estrasse dal cassetto del tavolo un foglio piegato in due e me lo porse.

Lo aprii, era una lunga lista di prodotti erboristici scadenti.

«Costano poco perché non valgono niente», ribattei ancora scioccata dalla sua offerta.

Lei alzò le spalle incurante. «Non m'interessa. È il profitto che conta, e questi prodotti ci farebbero guadagnare. Le tue clienti si fidano di te e grazie alle tue competenze professionali, li acquisterebbero lo stesso. Inoltre saranno più felici, perché risparmieranno».

«Questa sarebbe una truffa!», urlai sconvolta.

Lei si mise a ridere sprezzante. «Sono solo affari, il mondo gira in questa maniera se vuoi fare soldi. E a te servono!»

Ecco finalmente svelato il suo piano, era questo a cui mirava fin dal principio. Non era intenzionata a vendere, voleva solo fare la padrona anche in erboristeria. Continuò a parlare, era un fiume in piena, ma io non l'ascoltavo, ero stata travolta dalla sua arroganza. Non sapeva nulla di erbe, del loro potere terapeutico, di come una fragranza potesse alleviare l'insonnia, oppure aumentare la concentrazione, o calmare un'anima agitata. A lei interessava solo il guadagno.

Non l'avevo mai vista così felice, aveva finalmente ottenuto la sua vendetta.

«Potrei esporre le mie tele sulle pareti del negozio, come ti ho proposto più volte. L'ambiente sarebbe più elegante».

Colsi quest'ultima frase mentre mi stavo alzando per andarmene, fu il colpo di grazia.

«No!», esclamai mentre mi dirigevo veloce verso la porta.

«Meglio che ci rifletti bene, chiedi anche consiglio ai tuoi amici. O accetti, o ti sfratto!», mi urlò dietro trionfante mentre sbattevo la porta del suo appartamento.

Scesi di corsa le scale e uscii sotto la pioggia. Avevo dimenticato l'ombrello di sopra, ma non m'importava. Alzai il viso, le lacrime si mischiarono all'acqua.

M'incamminai lenta senza una direzione. Non riuscivo a pensare. Mi sentivo così sporca perché le avevo permesso di farmi una proposta del genere. Non voleva solo togliermi l'erboristeria, ma anche la mia reputazione professionale.

Scossi la testa, meglio perdere tutto che accettare i suoi compromessi.

La pioggia nel frattempo si era intensificata, così mi fermai sotto un portone per aspettare che diminuisse la sua violenza.

Nell'attesa, ripensai a un altro episodio del passato in cui il mondo mi era crollato addosso. Però poi era arrivato un aiuto inaspettato, che aveva ribaltato la mia esistenza. Perché non poteva essere così anche questa volta?

13

Erano passati diversi mesi dall'aborto, ma non riuscivo ancora a liberarmi dal dolore intenso della morte del mio bambino. Ero convinta che sarebbe stata una femminuccia, e ogni mio pensiero era centrato a immaginare come sarebbe stata. Di notte sognavo di cullarla tra le braccia, o quando l'avrei tenuta per la manina mentre faceva i suoi primi passi. La vedevo crescere e diventare una splendida fanciulla. Però poi mi svegliavo di colpo con la consapevolezza che lei non sarebbe mai nata. Così mi rannicchiavo nel letto e piangevo disperata fino al momento di alzarmi dal letto e trascinarmi in erboristeria.

Ero voluta ritornare al lavoro subito dopo la dimissione dall'ospedale, anche se Ines e Geremia avevano insistito che mi prendessi del tempo. Ma lì riuscivo a distrarre la mente, anche se solo per qualche ora. In effetti non ero di nessuna utilità in negozio, ero diventata l'ombra di me stessa: pallida, con gli occhi rossi e i vestiti che mi ricadevano larghi addosso. Non dovevo essere uno bello spettacolo per i clienti, ma Geremia non si lamentava, possedeva una pazienza infinita.

Sapevo che entrambi erano preoccupati per me, ma non potevano fare niente. Non volevo il loro aiuto, la sofferenza era la mia punizione, perché era solo mia la colpa se lei non era nata. Guido non mi avrebbe cercato se non avessi rubato i suoi soldi. La rabbia gli sarebbe passata presto, il bambino per lui era stato solo un inciampo, e un'altra sciocca ragazzina al posto mio non avrebbe fatto fatica a trovarla. Ma guai a toccargli il denaro, era il suo punto debole. Lo avevo capito fin troppo presto durante la nostra convivenza. Perché non mi ero limitata a scappare?

Quando non lavoravo, giravo a piedi per le vie di Milano senza una meta precisa. Macinavo chilometri senza guardare nulla, trascinando un passo dietro l'altro. Poi, quando scendeva la sera, cercavo un mezzo qualunque che mi riportasse a casa.

Una domenica mattina, senza sapere come ci ero arrivata, mi ritrovai in un piccolo parco molto curato. Sorpresa da tanta bellezza, mi guardai intorno per capire dove fossi. Era il giardino della Guastalla, un piccolo gioiello incastonato tra la Biblioteca Sormani e il Policlinico.

Mi ero fermata davanti a una grande fontana da dove partivano dei viali alberati costeggiati da delle panchine, dove sedersi per riposare e avere pensieri felici.

Fu un balsamo momentaneo per il mio cuore, tanta armonia mi costringeva a uscire dal mio dolore.

Passeggiai per quei viali ammirando gli alberi e i cespugli in fiore, fino ad arrivare a una cappella dentro una piccola grotta aritificiale, dove c'era la statua di una donna in preghiera circondata da alcuni angeli. Lessi incuriosita la targhetta: *Gruppo scultoreo in terracotta policroma rappresentante Maria Maddalena penitente confortata dagli angeli.*

Mi sembrò un segno del destino. La sentii così vicina, anche lei era stata una peccatrice come lo ero io, ma era stata salvata dalle sue colpe dalla misericordia di Gesù.

Mi sedetti alla base della statua e la pregai di mandarmi un segno di perdono da parte della mia piccolina.

«Quella è Renata Tebaldi...», mi voltai sorpresa sentendo il mio nome.

Mi alzai per cercare chi mi avesse chiamata. Una donna indicava al compagno due signore anziane che camminavano una di fianco all'altra. Una delle due vestiva un sobrio tailleur blu e aveva i capelli grigio ferro corti, mentre l'altra, più alta, indossava un soprabito turchese molto elegante, e camminava lenta appoggiandosi a un bastone. Mi colpirono i folti capelli biondo miele di quest'ultima e il viso luminoso.

In quel momento la riconobbi: era la vera Renata Tebaldi! Anche se era più vecchia delle foto che avevo visto nelle copertine dei dischi, ero certa che fosse lei.

Udendo il suo nome, anche l'anziana soprano si era voltata per cercare chi l'avesse chiamata, ma erroneamente volse lo sguardo su di me. Notando il mio imbarazzo per essermi fatta cogliere in fallo mentre la stavo fissando così intensamente, mi sorrise cordiale. Quel volto gentile mi diede coraggio, e d'istinto mi avvicinai. Era un'occasione unica per conoscerla di persona e, forse, anche un segno dell'Universo che aveva risposto alla mia preghiera, anche se in una maniera così bizzarra.

«Mi scusi se la disturbo, l'ammiro molto e ci tenevo a dirle che condividiamo qualcosa di molto importante», esclamai tutto di un fiato.

La donna che l'accompagnava si mise davanti a lei per proteggerla da me.

Lei fece un gesto all'amica per rassicurarla, poi mi chiese cortese. «Le piace la musica lirica?».

«Qualche mese fa un mio amico mi ha regalato un libro con la sua biografia, e mi ha fatto ascoltare dei suoi dischi. Ma oltre a questo, non so nulla al riguardo», risposi sempre più imbarazzata.

Lei mi guardò divertita. «E allora cosa abbiamo di così prezioso in comune?»

Non sapevo come risponderle senza fare la figura della stupida. Gli occhi mi si gonfiarono di lacrime, mi scusai di averla infastidita e mi girai per andarmene.

Lei afferrò gentilmente il mio braccio. «Non sono più giovane da poterla inseguire. Accomodiamoci su quella panchina, così mi svela l'arcano», disse scherzosamente.

La seguii sedendomi con lei e la sua amica, che mi osservava sospettosa, all'ombra di un albero.

«Sono stata abbandonata alla nascita, e qualcuno mi ha dato il suo nome: Renata Tebaldi. Mi sono sempre sentita quasi una ladra nei suoi confronti, come se le avessi rubato l'identità. Quando ero piccola non mi piaceva nemmeno, gli altri bambini mi prendevano in giro, anche perché sono stonata come una campana. Ma poi crescendo mi ha fatto sentire meno sola».

«Sono onorata che qualcuno l'abbia chiamata come me, anche se a causa di una circostanza così triste. Se lo ha mantenuto, significa che non è stata adottata», constatò stringendomi una mano.

Quel suo gesto gentile aprì la diga al mio dolore, così le raccontai di getto la mia storia.

«Spesso, nei momenti difficili, mi chiedo cosa farebbe lei al posto mio. Ho una grande ammirazione nei suoi confronti. A causa del nome comune la vedo come una me speculare, solo che lei è stata una donna di successo, mentre io sono un fallimento continuo. Ho permesso addirittura all'uomo che amavo di sfruttarmi e di uccidere la bambina che avevo in grembo».

La Tebaldi e la sua amica ascoltarono in silenzio il mio sfogo, la mia mano sempre stretta in quella della soprano.

«La sua storia è molto triste, ma deve farsi coraggio e ricominciare. Dopotutto è così giovane, ha tutto il tempo del mondo davanti a sé», replicò incoraggiante.

«Anch'io all'inizio non sono stata particolarmente fortunata. Da piccola ho avuto la poliomielite e mio padre ha abbandonato me e mia madre. Nemmeno in amore mi è andata troppo bene, non ho mai incontrato l'uomo giusto. Avevo solo la mia voce e un sogno, quello di diventare una grande soprano. Ho lavorato tanto e creduto in me stessa, e alla fine ce l'ho fatta».

«Ma è colpa mia se è morta la mia bambina. Questo non potrò mai perdonarmelo», mormorai singhiozzando.

Lei e l'amica si fecero il segno della croce e mormorarono una preghiera per la mia piccola.

«Mi viene in mente un passo del Vangelo secondo Luca, sulla Maria Maddalena, la statua dove era seduta quando l'ho vista ... *e siano perdonati i suoi molti peccati, poiché ha molto amato. Invece quello a cui si perdona poco, ama poco.* Se Gesù ha assolto una peccatrice, perché non potrebbe assolversi lei? Il Signore non ci abbandona mai, dobbiamo solo confidare in Lui. Perché non si vuole risparmiare tutto questo dolore? Sua figlia vorrebbe che lei andasse avanti con la sua vita».

Mi sorrise, sempre tenendomi stretta la mano.

«Qual è il suo sogno?»

«Non lo so», risposi asciugandomi gli occhi.

«Le piace il suo lavoro?»

Alzai le spalle. «Il lavoro mi piace, faccio la commessa in un'erboristeria. Sono stata fortunata in questo caso, il titolare e sua moglie mi trattano come una figlia», sorrisi alzando lo sguardo. «Si sono offerti anche di aiutarmi a pagare dei corsi di specializzazione in tecniche erboristiche. Mi appassiona lo studio delle erbe e le loro proprietà terapeutiche, ma non so se è il sogno della mia vita, ho tanta confusione in testa».

«È un inizio. Parta da qualche cosa che le piace, può sempre modificare la sua strada mentre la percorre», sorrise incoraggiante. «Quando avrà la mia età, se segue i suoi desideri, anche quelli più trascurabili, sarà felice di guardarsi indietro e vedere quanta strada ha fatto, compresa quella di dolore e lacrime. Ora che sono anziana, guardandomi alle spalle, non ho grandi rimpianti o rimorsi, anche se forse avrei dovuto osare di più cantando anche in altre opere liriche. Il Signore mi ha fatto un grande dono di Dio: la mia voce. E poi un secondo dono è stata la Tina, che per me è più di una sorella», sorrise indicando con la testa la sua amica al fianco, che arrossì tutta del complimento inaspettato.

L'ascoltavo in silenzio, ma non ero del tutto convinta. Lei comprese e continuò. «La vita è come una canzone. Si può avere una melodia bellissima, ma se i testi non sono buoni, ne risentirà negativamente tutto il componimento».

«Cosa significa? Non capisco», replicai confusa.

«Il motivo musicale rappresenta lo scorrere della nostra esistenza, ma sono le belle parole quelle che lo impreziosiscono», rise davanti alla mia espressione scettica. «Sospetto che io e lei abbiamo molto in comune. Oltre il nome, anche la testardaggine. Sono le avversità che fortificano e ci fanno andare avanti», esclamò decisa.

«Ci sono troppe note stonate nella mia canzone», risposi mesta abbassando lo sguardo verso terra.

La soprano sorrise ancora una volta, poi mi lasciò la mano.

«Ora devo andare, la mia amica Tina mi sta richiamando all'ordine. La Messa ci attende».

Mi sorrise. «Mi piacerebbe poter contribuire ai suoi studi», disse tirando fuori dalla borsetta il libretto degli assegni.

Arrossii imbarazzata, alzandomi di scatto dalla panchina. «La ringrazio, ma non sono venuta qui per chiederle la carità».

«Non era questa la mia intenzione», rispose l'anziana cantante rimettendo via il libretto a malincuore. «Almeno accetti un ricordo del nostro incontro». Si chinò verso la sua compagna e le chiese qualcosa sottovoce. Questa annuì e tirò fuori dalla borsa una fotografia della cantante e una penna.

La soprano la prese e scrisse sopra qualche riga, poi me la consegnò.

«Ha fatto bene a seguire l'impulso di conoscermi. Si deve sempre ascoltare la voce dell'anima, i suoi consigli sono preziosi. La ricorderò sempre nelle mie preghiere».

L'aiutai ad alzarsi, poi d'impulso la baciai sulla guancia.

Lei rise divertita e mi abbracciò, sussurrandomi all'orecchio, «Porti con onore il nostro nome e non si faccia abbattere da niente e nessuno».

Poi riprese il suo cammino claudicante al braccio dell'amica.

Le guardai allontanarsi, quindi abbassai lo sguardo e lessi la dedica:

Alla mia giovane e bella omonima,
che sia sempre protagonista della sua vita
con affetto,
Renata Tebaldi

Maria Maddalena mi aveva esaudito facendomi incontrare la cantante. Le sue parole mi erano state di conforto. Da quel momento avevo iniziato a perdonarmi e ripreso a vivere.

14

C'è stato un sogno che fin dall'infanzia mi ha accompagnato nelle mie notti. Un'enorme lupa grigia correva libera per foreste ancora vergini dalla presenza umana. Percepivo il sole che le scaldava il pelo, il fischio del vento nelle sue orecchie, l'odore della preda quando cacciava. Vivevo in simbiosi con il suo spirito, ed era esaltante essere con lei in quei momenti.

Non so per quale incantesimo, la sua anima era stata intrappolata nel mio corpo. Da quel momento, avevo potuto sentire il suo strazio dentro di me, perché lei non riusciva più a far arrivare il suo ululato alla luna. Pativo insieme a lei la sofferenza di non sentire sotto le zampe il terreno soffice, ma solo gli urti del duro asfalto che non era adatto ad accogliere i suoi passi.

Soffrivo con lei, ma allo stesso tempo non ero in grado di liberarla. Gli artigli dell'animale mi dilaniavano la pancia per uscire, tuttavia la paura di perderla era ancora più grande. Sapevo che se l'avessi lasciata andare, avrei dovuta seguirla nei boschi, perché ormai le nostre esistenze erano troppo intrecciate.

Nei sogni ero pronta a farla uscire e fuggire via con lei, ma al risveglio cambiavo idea e aggiungevo un nuovo lucchetto alle sue sbarre, terrorizzata che la sua fuga mettesse in pericolo la mia zona sicura.

Anche se la mia cagnolina era solo una piccola meticcia di indefinito colore e di remotissime discendenze lupesche, l'avevo chiamata Lupa, per ricordarmi sempre di quella imprigionata dentro di me, custode della mia anima selvaggia.

Quella notte, dopo l'incontro con Mafalda, la lupa si era ripresentata nei miei sogni più viva che mai.

Mi svegliai di colpo, fuori era ancora buio. Guardai dalla finestra la pallida luna che mi osservava indifferente. Era già passato un mese da quando avevo ricevuto la lettera di sfratto ed ero ancora alla ricerca affannosa di una qualunque soluzione.

La proposta di Mafalda aveva distrutto in meno di un'ora tutte le mie speranze e mi aveva posto davanti a un muro. Per me era inconcepibile accettare la richiesta di associarmi a lei, ma non avevo nemmeno la cifra per acquistare l'erboristeria.

Tutto quello che avevo costruito in tanti anni, in un futuro molto prossimo sarebbe stato cancellato. Quanto erano state fragili le mie certezze. Non avevo risparmi, né proprietà, e ora erano inutili anche i prestiti dei miei amici.

Scalciai le lenzuola a terra, inutile tentare di riaddormentarmi, ormai era quasi mattina. Mi alzai più stanca di quando ero andata a letto. Avevo bisogno di schiarirmi le idee, così presi le chiavi della mia auto, caricai Lupa e andai al parco Lambro per una passeggiata.

Camminare mi aiutava sempre a schiarire la mente. Aumentava la mia concentrazione, i pensieri si sintonizzavano sui passi, e a volte, durante queste camminate, riuscivo a trovare una soluzione ai miei problemi.

Quella mattina nebbiosa rendeva il parco uno scenario magico. Le anatre si tuffavano nel fiume incuranti del freddo, mentre le nutrie zampettavano tranquille sull'erba coperta dalla brina. Lupa scorrazzava felice per i prati, abbaiando allegra perché le tirassi la pallina. L'accontentavo di malavoglia, tanto ero persa nei miei pensieri. Alla fine ci rinunciai del tutto e mi sedetti su una panchina. Lei tornò indietro e si accucciò di fianco a me.

Abbassai lo sguardo per fissare i suoi occhietti adoranti, colmi di una totale fiducia nei miei confronti. Al mio fianco sarebbe stata pronta ad affrontare tutte le incognite del futuro. A lei bastava la ciotola piena, un giocattolo da mordere e, soprattutto, la mia presenza. Io ero tutto il suo mondo e lei il mio.

Un rumore sull'albero vicino attirò la mia attenzione. Alzai lo sguardo e vidi che su dei rami spogli si era mosso qualcosa, sembrava un airone cinerino. Stava in bilico su una zampa sola come un funambolo. Poi stese lento le ali e s'innalzò in volo, planando prima verso di me, per virare un attimo dopo verso il sole nascosto tra le nubi.

Ines sosteneva che gli animali sono messaggeri divini, e quell'uccello così possente, che riusciva a stare in equilibrio con una sola zampa su un fragile ramo, era simbolo di immobilità e tranquillità, doti necessarie per poter riconoscere le opportunità che si presentano sulla nostra strada, ma che mi mancavano in quel periodo.

Non mi ero fermata un solo momento per pensare a cosa volessi in realtà. Fino ad allora avevo girato come una trottola per trovare i soldi necessari all'acquisto del negozio. Anche quando Ines mi aveva chiesto se avessi preso in considerazione una strada alternativa, non ci avevo riflettuto più di tanto. Ormai l'acquisto del negozio era diventata un'ossessione, non riuscivo a pensare ad altro.

Fare un mutuo ventennale a cinquant'anni... cosa mi stava passando per la testa? A settant'anni avrei forse finito di saldarlo. Una vita di lavoro e sacrifici, come risultato dei rimpianti finali perché non avevo realizzato altro.

Geremia e Ines erano andati in pensione a un'età ancora accettabile, ricominciando una nuova vita in Portogallo. Forse c'era un motivo se non riuscivo a recuperare la cifra richiesta. Magari avrei potuto seguire il loro esempio e ricominciare anch'io. Ma che cosa volevo fare? Ero solo un'erborista che sapeva lavorare all'uncinetto.

Pensa, Renata, pensa.

Cosa avrebbe fatto la Tebaldi in una situazione del genere? Ormai conoscevo la sua biografia a memoria, era diventata per me una specie di bibbia e anche se ci accomunava solo il nome, la consideravo come una madre virtuale su carta, fonte d'ispirazione e di consigli.

Perlustrai la mia memoria per trovare un suggerimento.

Nel 1935, alla fine della scuola di avviamento, la madre le aveva chiesto di scegliere: diventare commessa nella drogheria dei nonni, oppure un impiego di postelegrafonica.

Lei però scelse di studiare pianoforte, anche se significava fare grandi sacrifici, e dopo poco era passata a studiare canto. Aveva creduto caparbiamente nelle sue capacità e alla fine aveva trionfato. Non aveva accettato dei compromessi, né si era fatta incastrare dalla paura di non farcela. Ero certa che non avrebbe mai ceduto a un ricatto come quello ordito da Mafalda.

Guardai Lupa, stava tremando dal freddo a forza di rimanere ferma ad aspettarmi in quel mattino dicembrino. Mi alzai e le lanciai la pallina, balzò veloce per acchiapparla per poi riportarla pronta a un nuovo tiro.

In quella fredda mattina di dicembre alla fine decisi. Avrei fatto un passo per volta per trovare la mia
strada, e il primo sarebbe stato quello di smettere di
lottare, accettare l'inevitabile e rinunciare all'erboristeria.

15

L'ora prima della chiusura è sempre stata la mia preferita. Mentre fuori calava la sera, io facevo i conti della giornata e intanto pensavo a cosa avrei preparato per cena. Quella sera poi l'erboristeria profumava ancora di cannella e arancio amaro, il profumo delle festività invernali, echi di natali innevati e fuoco nei caminetti.

Dicembre stava passando veloce nella furia degli acquisti natalizi, non mi potevo permettere nemmeno la domenica di riposo. Passavo dal lavoro in negozio a crollare nel letto esausta. Non c'era il tempo per fare altro.

Certo non me ne lamentavo, sarebbe stato il mio ultimo Natale in erboristeria. Per fortuna avevo l'aiuto di Sara che si alternava tra incartare la merce venduta, e portare la povera Lupa a fare delle passeggiate.

D'improvviso mi ero trovata alla Vigilia, quel giorno il suo aiuto era stato particolarmente provvidenziale per il continuo flusso di clienti in negozio. Per fortuna eravamo al termine della giornata, gli acquirenti si erano diradati per affrettarsi verso casa per il cenone. Così avevo consegnato il mio regalo a Sara e l'avevo mandata a casa a festeggiare. Poveretta, era esausta.

Cercai Lupa, dormiva raggomitolata sul suo cuscino con il muso sotto la coperta.

Mi versai una tisana ai frutti di bosco in attesa degli ultimi clienti ritardatari che dovevano ritirare dei cesti prenotati in precedenza. Mentre la sorseggiavo, guardai fuori dalla vetrina. Mi piaceva il quartiere illuminato dalle luci natalizie. Quest'anno, oltre alle installazioni luminose delle vie, anche le finestre e i balconi erano un trionfo di archi, stelle, babbi natale e pacchi regalo realizzati con migliaia di lucine colorate. Per un attimo fui stregata dalla magia natalizia e m'incantai ad ammirarli.

All'improvviso, quasi evocati da un incantesimo, apparvero Ines e Geremia a braccetto. Sbattei gli occhi un paio di volte per la sorpresa. Cosa ci facevano qui? Non li aspettavo.

Ines guardò attraverso la vetrina e mi scorse. Disse qualcosa al marito e insieme gesticolarono allegri per salutarmi.

Spalancai la porta per farli entrare e accoglierli in un abbraccio collettivo. Lupa, sentendo le voci, arrivò di corsa, saltando loro addosso impazzita per la gioia. Per qualche secondo non riuscii ad aprire bocca, la sorpresa mi aveva ammutolito. Erano tornati per starmi vicino, non riuscivo a pensare ad altro. Il cuore mi scoppiava per la felicità.

«Quando siete arrivati? Dove sono le vostre valigie?», chiesi stringendo forte le loro mani.

«Le abbiamo lasciate dalla mia amica Nella, ci ha offerto la sua casa mentre lei è a New York dalla figlia. Non provare a protestare, casa tua è piccola, ci calpesteremmo!», rispose Ines soddisfatta della sorpresa riuscita.

«Sono così felice che siate qui», risposi asciugandomi gli occhi, non ero riuscita a trattenere qualche lacrima di commozione.

«Il Natale si celebra con la famiglia, in particolare quando un membro è in difficoltà», dichiarò Geremia. Poi si staccò dall'abbraccio e, con il cane alle calcagna si guardò intorno soddisfatto.

«Gli scaffali sono vuoti, significa che le vendite sono andate bene», constatò togliendosi i guanti e soffiando sulle mani intirizzite. «Non mi ricordavo che a Milano facesse così freddo!»

«L'acqua nel bollitore è ancora calda. Volete una tisana per scaldarvi?», chiesi mentre andavo a prendere delle tazze nel retrobottega.

«Grazie, l'accetto volentieri», rispose Ines prendendo la tazza fumante.

«Che belle decorazioni, ti sei superata quest'anno», osservò lei ammirando degli angioletti d'argento e oro fatti all'uncinetto e inseriti tra le lucine intermittenti, che avevo appeso su un ramo spezzato trovato al parco Lambro.

«Ho cercato di renderlo più festoso del solito, visto che questo sarà l'ultimo Natale», commentai soprappensiero per poi bloccarmi subito.

Geremia si girò di scatto. «Quindi hai preso una decisione?»

Rimasi in silenzio, non sapevo come rispondere. Era un discorso da fare con calma, non alla chiusura del negozio, con il rischio che entrasse qualcuno a disturbarci.

Per fortuna Ines comprese il mio imbarazzo e intervenne per darmi una mano. «Ce lo comunicherà questa sera. Renata, mi dai le chiavi di casa? Il cenone della Vigilia non si cucina da solo. Sono sicura che non hai ancora preparato nulla», esclamò ridendo appoggiando la tazza sul banco della cassa. «Tesoro, dobbiamo andare a fare la spesa, rischiamo di non trovare più niente», sollecitò il marito mentre si dirigeva verso la porta.

«Non puoi andare da sola? Odio il supermercato», brontolò lui, scottandosi la lingua per finire la tisana. Lanciai uno sguardo implorante a Ines, che di rimando mi fece l'occhiolino.

«Non pretenderai che porti da sola tutti i sacchetti?», protestò lei fingendosi indignata.

Lui ci lanciò un'occhiata sospettosa poi, sospirando, la seguì fuori dal negozio.

Prima di uscire, lei si girò verso di me. «Questa sera c'è anche Beppe?»

Confermai felice, era tornato il giorno prima dal suo viaggio nel nord Europa. Tutti i miei amici riuniti sotto il mio tetto, non avrei potuto ricevere migliore regalo da questo Natale.

16

Era bello tornare a casa sapendo che per una volta non sarebbe stata deserta. Aprii la porta e mi fermai all'entrata per osservare gli uomini al lavoro sotto la supervisione di Ines.

Lei, indossato un grembiule natalizio, controllava il contenuto della pentola sul fuoco, mentre Geremia stava aprendo una bottiglia di vino rosso per farlo respirare e Beppe pelava delle patate.

«Buon Natale!», li salutai allegra, mentre sguinzagliavo Lupa, che si diresse decisa verso i fornelli, sicura che Ines le avrebbe passato di nascosto qualche bocconcino.

A mo' di saluto, Beppe alzò il pelapatate.

«Sei arrivata in tempo per apparecchiare», sogghignò Geremia, indicando con la testa la moglie. «Ci ha messo tutti al lavoro, mancavi solo tu!»

«Arrivo subito, vado solo a lavarmi le mani», risposi mentre mi dirigevo verso il bagno.

Questo Natale sarà di sicuro uno dei più belli della mia vita, pensai soddisfatta mentre guardavo i miei amici seduti a tavola dopo aver finito di cenare.

Eravamo ancora intorno alla tavola, troppo sazi per spostarci sul divano. Ines era una cuoca eccezionale. In poco tempo aveva preparato una cena degna della Vigilia più tradizionale, tutta rigorosamente a base di pesce. Mi sentivo un po' in colpa per aver lasciato fare tutto a lei, avrei almeno preparato il caffè.

Sulla tovaglia rossa erano rimaste solo delle briciole di pane e un mandarino. Beppe allungò la mano per prenderlo, mentre borbottava tra sé, «È peccato avanzare del cibo. Mia nonna ce lo ripeteva sempre quando andavamo a festeggiare il Natale da lei in montagna». Con l'unghia incise la buccia per toglierla più facilmente e poi divise il frutto in spicchi. Ne mise uno in bocca. «È dolce come il miele. Renata, devi assaggiarlo».

Si sporse per offrirmene uno con un sorriso.

Era bello essere coccolata.

Sentii un groppo alla gola. A volte essere sola mi pesava, lo ero da troppo tempo. Mi mancavano quei gesti intimi, ma non era il momento della malinconia.

Mi alzai per andare in cucina e mettere sul fuoco la caffettiera. Da una mensola presi anche una bottiglia d'amaro da portare insieme al caffè.

Mentre ritornavo con il vassoio, lanciai un'occhiata a Lupa che russava beata nella nuova cuccia rosa con ricamato il suo nome, dono di Ines. Beata lei che non aveva mai problemi, ogni tanto invidiavo la sua vita tranquilla.

Appoggiai il vassoio sul tavolo, poi tirai fuori i regali per i miei amici da sotto all'albero, era arrivato il momento di distribuirli.

Per Beppe avevo preso un nuovo sacco a pelo da utilizzare sul camion durante le lunghe trasferte. «Grazie, mi serviva, il mio è ormai da buttare», esclamò sorridendo leggendo le caratteristiche sull'etichetta.

Per Geremia avevo acquistato all'ultimo momento un cofanetto di dischi 33 giri dell'opera *Otello* cantata da Renata Tebaldi e Mario del Monaco. Lo avevo visto qualche giorno prima nella vetrina di un negozio in via Leoncavallo che vendeva solo vinili, e avevo pensato a lui. Quando i miei amici erano usciti dall'erboristeria, avevo telefonato subito al proprietario del negozio, che per fortuna conoscevo bene, pregandolo di mettermelo da parte, lo avrei ritirato mentre tornavo a casa.

«Non potevi farmi regalo migliore di questo. Mi dispiace che potrò sentirlo solo quando tornerò a casa. Non capisco perché non hai ancora acquistato un giradischi. L'acustica è decisamente migliore», commentò osservando il libretto d'opera vintage che aveva estratto dal cofanetto.

Anche Ines aveva scartato il suo regalo, era la mia copia del manuale di ricette, *L'arte di mangiare bene* di Pellegrino Artusi.

«È un manuale prezioso!», esclamò Ines incredula, accarezzando con un dito la copertina consunta.

«Tu ami cucinare, ne farai di sicuro un migliore uso di quello che ne avrei fatto io. Mi fa piacere che lo abbia tu». La mia amica si alzò per abbracciarmi.

Ero contenta che lei fosse così felice del dono. I libri arrivano quando se ne ha bisogno, io ero stata solo un tramite perché arrivasse a lei.

«Anche noi abbiamo un regalo per te», esclamò Ines estraendo dalla borsa una busta rosso e oro.

«Abbiamo pensato di regalarti dei soldi, un contributo al tuo progetto, qualunque esso sia. Inutile che rifiuti, ho già fatto il bonifico».

Aprii la busta contenente la fotocopia del versamento, decorata con motivi natalizi disegnati da lei. Lessi sbalordita la cifra: mille euro. Come ringraziarli? Non trovavo le parole. Mormorai solo, «Vi voglio bene, sono fortunata ad avervi incontrato».

«Tesoro, siamo la tua famiglia», commentò lei strizzandomi in un altro abbraccio.

«E tu non devi dirci niente?», intervenne Geremia, appoggiando i dischi sulla tovaglia.

Sapevo cosa intendeva, così mi raddrizzai sulla sedia, appoggiai le mani sul tavolo, feci un grosso respiro per rilassarmi, e alla fine feci il mio annuncio.

«Ho deciso di rinunciare all'erboristeria. Non posso accettare le condizioni di Mafalda». Poi, prima che qualcuno dicesse qualcosa, raccontai del nostro ultimo incontro.

Dopo qualche minuto di silenzio, Geremia borbottò.

«Spero che quella strega passi il Natale da sola».

«È così arcigna perché ha avuto una vita solitaria e infelice. I suoi genitori erano persone grette, attaccate solo ai soldi. Per finire il marito le ha dato il colpo di grazia», ribatté Ines a voce bassa.

«Non difenderla, ognuna è artefice del proprio destino», rispose lui brusco. «Hai ragione Renata, non puoi accettare simili condizioni, ma potresti trovare un altro negozio in zona, così non perderesti la clientela. Ci hai pensato?», mi chiese speranzoso.

Scossi la testa. «Ho deciso, è arrivato il momento di seguire i miei sogni. Mi trasferirò da qualche parte in montagna, voglio provare a vivere un'esistenza più semplice, a contatto con la natura. Cercherò qualche lavoro stagionale per mantenermi, oltre ai miei lavori all'uncinetto che venderò online e nei mercatini della zona».

«Sei impazzita?», sbottò Geremia alzandosi in piedi.

«A me sembra un'ottima idea», esclamò decisa Ines ancora al mio fianco, mettendomi una mano sulla spalla. «Ci vuole coraggio a smettere quando non ci appassiona più quello che si fa. Anche la Tebaldi, quando aveva la sua età, decise da un giorno all'altro di smettere con il canto, e si ritirò a vita privata. Geremia, quante volte me lo hai raccontato?», lo sfidò lei guardandolo negli occhi.

«Quella era ricca, mentre Renata non riuscirà mai a tirare avanti con l'uncinetto!», esclamò esasperato.

Poi si rivolse a Beppe. «Tu che ne pensi?»

Lui sorseggiò il suo amaro prima di rispondergli. «Ero già al corrente della decisione. Quindi, a differenza vostra, ho avuto il tempo di riflettere. È la sua vita, qualunque decisione prenda sono dalla sua parte».

Gli sorrisi riconoscente.

«Siete tutti impazziti?», urlò sconvolto Geremia dando un pugno sul tavolo. Lupa si alzò guaendo spaventata, per poi nascondersi dietro di me.

«Calmati! Come ha detto Beppe, è la sua vita», lo rimproverò Ines severa.

«Non disprezzare l'uncinetto. Vivere nelle vicinanze di un bosco permette di utilizzare materiali trovati in natura, come rametti, sassi, erbe seccate, e inserirli nei suoi lavori. Potrebbe creare gioielli originali, oggetti per la casa e altro ancora. Basta solo far sbizzarrire la fantasia, e a Renata non manca di certo».

Poi gli rivolse un sorrisetto ironico. «Ti ricordo, inoltre, che l'erborista è una figura specializzata nell'identificazione, trasformazione e utilizzo delle piante medicinali od officinali. Inoltre deve essere pratico nella loro coltivazione, raccolta, conservazione e commercio a scopi terapeutici, cosmetici o nutritivo».

«L'hai imparata a memoria leggendo Wikipedia?», la rimbrottò stizzito il marito.

Lei sorrise e continuò. «Ha già una clientela affezionata che acquista sul suo sito tisane e decotti, potrebbe aggiungere anche altri prodotti preparati direttamente sul luogo. Il suo negozio sarebbe solo online e venderebbe soltanto prodotti naturali e artigianali. Potrebbe inoltre aggiungere anche una sezione dove vendere i suoi lavori all'uncinetto».

Lui brontolò qualcosa d'intellegibile, tirò fuori dalla tasca della giacca la pipa e l'accese. Il tabacco di solito lo aiutava a calmarsi.

«Geremia, cerca di capire. Ci ho pensato, ma non me la sento di ricominciare da capo in un nuovo negozio. Quando mi avevi proposto di diventare erborista, ero stata felice di seguire il tuo esempio, ma ora voglio fare altro. Hai ragione, non so ancora come riuscirò a mantenermi, ma almeno avrò fatto un tentativo». Lo stavo quasi implorando di darmi la sua fiducia, non sopportavo di deluderlo.

Eravamo tutti intorno al tavolo, ognuno assorto nei propri pensieri, quando Beppe si schiarì la gola, prima di parlare.

«Renata, ho una proposta da farti. Perché a Capodanno tu e Lupa non venite qualche giorno da me in montagna? Là c'è pace e silenzio. Allontanandoti da Milano, potrai riflettere meglio sul tuo futuro, e se questa è la strada che davvero vuoi seguire. Che ne dici?»

Poi si girò verso la coppia che lo stava guardando incuriosita. «Ho una casa in Val Masino, vicino a Sondrio, i miei genitori me l'hanno lasciata in eredità. L'ho ristrutturata con l'idea di passarci le vacanze, e poi di trasferirmi quando andrò in pensione. Pensavo di andare lì per qualche giorno di riposo, sarei contento se Renata e il cane mi tenessero compagnia».

Ero molto tentata dalla sua proposta, avevo un estremo bisogno di isolarmi per qualche giorno da tutto, ma avevo anche così tanto da fare.

«Come faccio ad allontanarmi dal negozio?», obbiettai debolmente, sentendomi in colpa solo avere pensato di accettare.

«Invece è una bellissima idea!», m'interruppe Ines battendo le mani. «In erboristeria ti sostituiamo noi. Vero Geremia?», chiese rivolgendosi al marito, sicura che lui avrebbe accettato. Ottima mossa quella di Ines, a lui mancava il suo lavoro, me lo ripeteva ogni volta che ci sentivamo. Inoltre si era già pentito del suo sfogo di rabbia, avrebbe fatto di tutto per aiutarmi. Infatti borbottò un sì mentre sorseggiava il suo amaro.

«Allora è deciso. Quando partite?», chiese allegra Ines, prendendo i piatti sporchi per portarli in cucina. Mi alzai per aiutarla, non le avrei permesso di lavare i piatti, quello toccava a me.

Ero felice di andare via per qualche giorno, adoravo la montagna d'inverno. Ma soprattutto mi sentivo più leggera perché avevo rivelato il mio progetto alle persone a me più care. Non avere più segreti con loro rendeva il mio sogno sempre più vicino alla realizzazione.

Ero ormai ospite di Beppe a San Martino da qualche giorno, e ancora non mi capacitavo di essere passata dalla frenesia rumorosa di Milano a quell'oasi di tranquillità.

Che silenzio...

Non ero abituata a tutta quella pace, i primi giorni mi faceva quasi paura. La neve ovattava i rumori delle rare auto che passavano per la via principale del paese. La prima notte non avevo quasi chiuso occhio, quasi mi mancava il rumore di sottofondo della città.

Poi mi ero abituata alla vita tranquilla di un piccolo paese montano e stare lì mi piaceva, avevo il tempo per riflettere senza nessuno che m'influenzasse. Mi sembrava addirittura che i miei polmoni si dilatassero meglio, gonfiandosi di aria libera dalle impurità cittadine.

Beppe poi era il compagno perfetto, non accennava mai alla questione. Ormai ero sempre più convinta della decisione presa, e poter sperimentare, anche se per pochi giorni, la vita in montagna rafforzava la mia risoluzione.

Quel pomeriggio ero sola in casa, lui era uscito per una commissione, mentre io avevo preferito riposarmi dopo la lunga passeggiata mattutina. Era stata un'esperienza magica. Nel silenzio della valle innevata, solo lo scricchiolare della neve sotto i nostri passi, bisbigliando tra noi poche parole per non infrangere la pace sacra del canalone. Le sole impronte su quel manto virgineo erano le nostre, quelle di Lupa che correva festosa, e di qualche animale selvatico che le aveva lasciate nella notte e che non erano ancora state coperte dai nuovi fiocchi di neve.

Al ritorno dalla camminata, Lupa era crollata dalla stanchezza sul cuscino davanti al caminetto acceso.

Approfittai di quel momento di solitudine per telefonare a Ines.

« Vi state divertendo?», mi chiese allegra.

«Qui è bellissimo. Mi sono innamorata di questa valle stretta tra i picchi innevati. In negozio va tutto bene? Nessuna novità da Mafalda?».

La mia amica rise. «Non ti preoccupare, non si è fatta vedere o sentire. Anche le vendite sono state buone, nonostante le festività siano appena passate», commentò soddisfatta. «Perché non vi fermate qualche giorno in più?».

Anche a me sarebbe piaciuto prolungare la vacanza, magari lo avrei chiesto a Beppe. La salutai, promettendole di richiamarla al più presto.

Ero in pace con me stessa, raggomitolata su una vecchia poltrona semi sfondata davanti al fuoco scoppiettante, con una coperta che profumava di canfora sulle gambe e, abbandonato vicino a me, un gomitolo di lana verde bottiglia e un uncinetto su cui stavo lavorando delle catenelle. Avevo intenzione di realizzare un paio di manopole senza dita per Beppe, aveva sempre le mani arrossate dal freddo. Non usava i guanti quando guidava, perché gli sembrava di non sentire il volante. Così avevo trovato la soluzione per lui su un sito norvegese. Lo schema era in lingua inglese, ma Sara me lo aveva tradotto.

Stavo proprio bene, cos'altro si poteva desiderare di più?

Mi guardai attorno, la casa assomigliava al mio amico. Era una tipica abitazione di montagna, fabbricata con le pietre e il legno del luogo. L'arredamento era ancora quello dei suoi genitori, ma era ancora in buone condizioni ed emanava un'energia protettiva. Sospirai felice fissando le fiamme che danzavano allegre, mentre il pensiero si spostava dalla casa al suo proprietario.

In paese, i suoi vicini avevano pensato che fossi sua moglie, non avevano mai visto una donna nella sua casa. Alcuni ci avevano fatto le congratulazioni, felici che uno scapolo incallito come lui si fosse alla fine arreso al matrimonio. Come ci eravamo divertiti davanti alle loro facce confuse quando aveva spiegato loro che non lo ero.

Forse avrei potuto esserlo, sospirai, se una sera di tre anni prima avessi fatto una scelta diversa.

Dopo quel primo incontro in erboristeria, Beppe e io non avevamo atteso tanto per metterci insieme e i primi sei mesi erano stati quasi perfetti. Tra di noi tutto stava andando per il meglio, c'era complicità e passione, ma...

Quel *ma* mi aveva continuato a ossessionare, era un tarlo che non mi faceva dormire la notte. Il fatto era che non volevo essere parte di una coppia, mi piaceva la mia autonomia. Inoltre ero ancora condizionata dall'esperienza avuta a vent'anni con Guido. All'inizio anche con lui era andata bene, poi con il passare dei mesi la nostra relazione si era trasformata in un incubo. Non me la sentivo di rischiare, Beppe lo conoscevo troppo poco.

Così una sera lo avevo invitato a cena e in quell'occasione avevo intenzione di chiudere la nostra storia, sperando che sarebbe stata una conclusione senza drammi.

Ma non sempre tutto funziona secondo i nostri desideri.

Infatti, qualche ora prima mi aveva mandato un messaggio chiedendomi se poteva invitare a cena un'amica.

Non ero stata felice di avere in casa un'estranea proprio quel giorno, ma non me l'ero sentita nemmeno di dirgli di no, così di malavoglia avevo risposto che era la benvenuta.

Alla fine però si era presentato da solo, con in braccio un fagotto informe avvolto in una coperta.

«La tua amica?», gli avevo chiesto curiosa.

«Eccola qua!», mi aveva risposto porgendomi l'involto che si stava agitando. Era sbucata la testa di un cagnolino che guaiva spaventato.

«È una femminuccia. L'ho trovata dentro una scatola in un'area di sosta in autostrada. Guaiva disperata. Per tutto il viaggio è rimasta nascosta sotto le coperte nella cuccetta sul camion».

L'avevo subito presa in braccio per rassicurarla. Non ci era voluto molto perché si calmasse, pareva piacerle stare tra le mie braccia.

«Che ne vuoi fare?», gli avevo chiesto, mentre la cagnolina mi mordicchiava le dita.

«Non lo so ancora. Domani mattina la porto dal veterinario e gli chiederò consiglio».

Mi erano sempre piaciuti tantissimo i cani, ma non ne avevo mai posseduto uno. Ora il destino me ne aveva portato uno direttamente a casa. Perché non adottarla io?

Era così carina, sarebbe diventata una taglia media piccola, con il pelo raso bianco e delle chiazze marroni e nere. Probabilmente aveva una lontana ascendenza dai jack russell.

«La tengo io, se per te va bene», avevo deciso d'impulso.

«Come farai quando sarai in negozio?», mi aveva chiesto lui accarezzandole il pelo.

«Altri negozianti tengono con sé il proprio cane al lavoro. Si abituerà anche lei», avevo risposto decisa. «Ora devo trovarti un nome», avevo commentato tenendola davanti a me e fissandola per qualche istante, poi il nome era venuto da sé. «Lupa!»

La cucciola si dimenò, voleva scendere per perlustrare la stanza.

«Non assomiglia per niente a un lupo, perché un nome così strano?», aveva domandato Beppe chinandosi per giocare con lei.

«Mi piacciono le lupe che viaggiano solitarie nei boschi, sono animali fieri e coraggiosi». Lo avevo guardato negli occhi. «Anch'io sto meglio sola, non sono fatta per vivere in coppia».

Alla fine lo avevo tirato fuori. Lui aveva alzato lo sguardo ed era rimasto in silenzio fissandomi serio.

Avevo guardato altrove, mi sentivo un'infame nei suoi confronti. Lui era perfetto, ero io che non lo ero.

«Vuoi chiudere la nostra storia?»

Non avevo avuto il coraggio di guardalo in faccia mentre rispondevo di sì a bassa voce.

«Perché?», aveva chiesto.

Scossi la testa.

«Mi devi almeno una spiegazione», aveva insistito.

Lo sapevo che aveva diritto a un chiarimento, ma questo era irrazionale anche per me. Ricordo che mi ero guardata intorno per cercare una riposta plausibile, alla fine l'avevo trovata nella biografia della Tebaldi appoggiata sul tavolino di fianco al divano.

Cosa avrebbe fatto lei al mio posto? Di sicuro avrebbe portato avanti la scelta fatta, anche se fosse stata fonte di lacrime e dolore. Quando prendeva una decisione, era quella, e non tornava più indietro. Avrei seguito il suo esempio.

Avevo alzato lo sguardo e fissato negli occhi.

«Ho il terrore che se la nostra storia non funziona, tu mi faccia soffrire come ha fatto il mio ex fidanzato».

«Io non sono lui», aveva obbiettato tranquillo.

Aveva ragione, ma volevo lasciarlo lo stesso. Così avevo sostenuto il suo sguardo e mi ero stretta nelle spalle. Questa volta non avrei cambiato idea.

Lui non aveva detto più nulla, si era solo chinato ad accarezzare la bestiola che si era messa a giocare con le stringhe delle sue scarpe. Poi si era rialzato e aveva risposto prendendo gentilmente la mia mano nella sua. «Va bene, non posso obbligarti a stare con me, anche se a te non rinuncio».

«Siamo fantastici come amici, ma non funzioniamo come coppia. Siamo troppo simili, amiamo entrambi la nostra autonomia», avevo accampato come debole scusa.

Lui aveva scosso la testa. «Vedremo...».

«La nostra amicizia?»

«Quella non è in discussione». Poi si era diretto verso la porta e aveva preso un ingombrante sacchetto che aveva lasciato sul pianerottolo. «Ho comprato per Lupa una confezione di croccantini per cuccioli, delle ciotole, un cuscino e qualche giocattolo. Lo immaginavo che l'avresti tenuta tu», aveva detto triste davanti alla mia faccia sbalordita.

Poi si era girato e se ne era andato, e per qualche mese non lo avrei più rivisto. Forse avevo sbagliato a lasciarlo, ma ormai era inutile recriminare. Non era possibile tornare indietro.

Venni interrotta dai miei pensieri dall'abbaiare di Lupa, Beppe era rientrato in casa.

«Renata, dove sei?», mi chiamò.

«Sono in salotto», risposi alzandomi dalla poltrona per andargli incontro.

Mi precedette entrando nella stanza seguito dal cane e da un estraneo. Questi doveva avere pressappoco la sua età, il suo viso era così affilato e attraversato da rughe sottili da sembrare intagliato nella corteccia di un albero.

«Ti presento Gianni, è un mio amico d'infanzia. Ci siamo incontrati per caso al bar e l'ho invitato a cena».

L'uomo mi tese la mano sorridendomi. «Spero di non essere di disturbo».

«Sei il benvenuto, ma ti avverto che sarà una cena povera. C'è solo della pastasciutta, del formaggio, qualche fetta di salame e una pagnotta di pane», risposi ridendo.

«È quello che preferisco», rispose tranquillo.

Beppe ritornò con una bottiglia di vino rosso, versò il contenuto nei bicchieri e poi si accomodarono sul divano.

«Quindi vivi ancora in Svizzera?», gli chiese Beppe, continuando una conversazione che era iniziata prima di arrivare.

«Sì, ho un buon lavoro in una fabbrica nel Canton Ticino. Sono qui per qualche giorno, per controllare la fine della ristrutturazione della casa dei mei genitori e di un'altra che mi hanno lasciato in eredità dei miei zii. Ho riconvertito lo spazio interno in appartamenti per le vacanze, ormai i lavori sono terminati. Ora devo solo trovare qualcuno che le amministri».

Quest'ultima frase catturò la mia attenzione. Beppe mi guardò, anche lui probabilmente aveva avuto lo stesso pensiero.

Infatti chiese, «Hai già in mente qualcuno?»

Gianni scosse la testa, bevendo un sorso di vino.

«Potrei propormi io?», mi offrii senza pensarci nemmeno un minuto.

Lui girò lo sguardo interrogativo verso di me. «Non abiti a Milano? Io cerco qualcuno che viva qui per controllare che gli appartamenti siano in ordine, e che accolga gli affittuari».

«Renata è la persona giusta per te. Sta pensando di lasciare la città per venire a vivere qui in montagna. Sta cercando un lavoro e un appartamento», intervenne Beppe.

Non era proprio la verità, in quel momento ero a S. Martino in vacanza, ma Beppe aveva visto giusto, era proprio qui dove avrei voluto vivere. Avevo finalmente trovato il luogo della mia anima.

Gianni era ancora dubbioso, così gli raccontai quello che mi era successo negli ultimi mesi e il motivo per cui avevo deciso di cambiare vita.

«Garantisco io per lei, è onesta e molto attenta sul lavoro», continuò Beppe.

«Non lo metto in dubbio, ma ce la farai a lasciare la vita frenetica della metropoli per vivere qui in solitudine? D'inverno il paese è parecchio isolato».

«È quello che cerco. Forse è l'età, ma non tollero più la città. Ho bisogno di pace e per la prima volta nella mia vita voglio pensare solo a ciò che mi rende felice».

Lui appoggiò il bicchiere sul tavolino davanti al divano, abbassò la testa e rifletté per qualche minuto.

«Lo stipendio non è alto, però potrai occupare gratuitamente uno degli appartamenti. È un bilocale di circa 55 mq e ha un ingresso indipendente. È composto da un soggiorno, angolo cucina, camera matrimoniale, bagno e ripostiglio. Ha anche un terrazzino che dà sulle montagne, un posto auto e una piccola cantina asciutta. C'è anche un giardino grande, ma è in comune con gli altri appartamenti».

«È perfetta per me e Lupa», affermai soddisfatta. «Inoltre potrei utilizzare la cantina per essiccare le mie erbe».

«Domani mattina andiamo a vederla. Se ti piace e ci accordiamo, il lavoro e la casa sono tuoi».

«Grazie...», risposi quasi incredula.

Era stato tutto così repentino. In pochi minuti la mia vita aveva subito un salto quantico. Ero partita che non sapevo cosa fare dopo la chiusura dell'erboristeria, e ora avevo trovato una soluzione che fino a pochi attimi prima stavo solo sognando.

Ines sosteneva sempre che si deve avere maggiore fiducia nell'universo quando si prende una decisione, perché l'esistenza offre sempre delle occasioni, e io avevo appena colto la mia.

Avevo alla fine trovato la mia canzone, sorrisi ripensando alle parole della soprano. Geremia sarebbe rimasto per una volta senza parole, pensai sorridendo, immaginandomi la sua faccia stupita quando glielo avrei raccontato.

«Da noi funziona così, siamo uomini di poche parole e decisioni rapide», sorrise Beppe equivocando il mio silenzio. «Inoltre, in estate nella valle c'è un mercatino artigianale itinerante. Potresti partecipare anche tu con i tuoi lavori», aggiunse facendomi l'occhiolino.

Ero sopraffatta dall'emozione, mi alzai e corsi ad abbracciarlo. Lui rise contento, stringendomi al suo petto.

Era una così bella serata che, dopo aver chiuso il negozio, decisi di non rientrare subito a casa. Avevo bisogno di fare una passeggiata per riflettere su quello che mi stava succedendo. Non riuscivo ancora a crederci che nell'arco di qualche mese la mia vita era stata del tutto stravolta: dallo shock di perdere la mia erboristeria, ad avere un nuovo lavoro e trasferirmi in montagna.

M'incamminai con Lupa verso il parco Trotter. Anche se faceva molto freddo, era piacevole camminare tra i suoi viali alberati. Amavo quel piccolo parco a pochi passi da casa mia, un giardino segreto nascosto dietro alte mura, dove si mescolavano lingue ed etnie diverse. In uno spazio limitato potevi incontrare bambini che uscivano dalla scuola di cinese, ragazzi indiani che giocavano a cricket nel prato, oppure giovani sudamericani che con una rete improvvisata si sfidavano a pallavolo, mentre dall'altra parte del prato un gruppo di anziani praticava *tai chi* danzando con grandi ventagli rosso fuoco.

Appena entrata, lasciai Lupa libera di correre tra gli alberi. A quell'ora il parco era degli sportivi e dei cani che giocavano a ricorrersi, mentre i loro umani scambiavano qualche chiacchiera prima di tornare a casa per la cena. Di solito avrei raggiunto quest'ultimi, ma avevo troppi pensieri per la testa.

Al mio ritorno dalla montagna, dopo l'Epifania, avevo raccontato ai miei amici che avevo trovato casa e lavoro a S. Martino.

Geremia era sbottato. «Conosco quel paese, ci andavo ad arrampicare da giovane. È bello d'estate, ma d'inverno non c'è niente. A malapena ci saranno un paio di negozi per fare la spesa! Cosa farai lì le lunghe giornate d'inverno?»

Gli avevo sorriso. «È quello che desidero, il nulla in mezzo alle montagne per potermi ritrovare».

Per qualche minuto mi osservò in silenzio, poi si lasciò andare sul divano, e mormorò affranto. «L'erboristeria era tutta la mia vita. Ho fatto così tanti sacrifici per aprirla e avviarla. Quando sei subentrata non è stata una vera separazione, perché sapevo che quando ne avessi avuto voglia sarei potuto tornare per qualche giorno. E poi tu sei una figlia per noi, l'avresti portata avanti. Ma ora...»

Si coprì gli occhi con una mano. Ines si sedette di fianco a lui e lo avvolse in un abbraccio. Rimasero così per qualche minuto. Poi lui si sciolse dalle braccia della moglie e drizzò la schiena.

«Lo capisco anch'io che non è possibile salvarla. Ma sei proprio sicura di volere andare a fare l'eremita in montagna?»

A vederlo in quello stato mi sentii così in colpa che stavo quasi per ritornare sui miei passi e promettergli che avrei cercato un'altra soluzione per acquistare il negozio. Gli dovevo così tanto, non potevo fargli questo. Per fortuna intervenne Ines.

«Se è quello che vuoi, per noi va bene. Non avere mai paura di essere felice». Poi si era girata di nuovo verso il marito, e gli aveva sussurrato. «È la sua vita, non ostacolarla».

Lui aveva tentato di ribattere ancora, ma poi aveva desistito e aveva preferito accendere la pipa.

Non fu l'unica discussione in quei giorni prima della loro partenza.

Geremia non era ancora del tutto convinto della mia decisione di trasferirmi in montagna, secondo lui era stata troppo repentina e non ci avevo riflettuto per niente. Dopo molte sue insistenze, gli avevo promesso che ci avrei pensato ancora qualche giorno, anche se in effetti avevo già accettato la proposta dell'amico di Beppe.

Ines invece era stata felice che avessi colto al volo l'opportunità, per lei si doveva seguire sempre l'istinto e non lasciarsi sfuggire le occasioni che la vita ti metteva davanti.

Alla fine erano ripartiti per il Portogallo, ognuno con una convinzione diversa. L'unico che non mi aveva dispensato consigli era stato Beppe, ma mi aveva solo offerto la sua casa durante il periodo del trasloco.

Anch'io ero ancora incredula di aver preso una decisione così importante facendomi trascinare dall'entusiasmo, senza prendermi del tempo per rifletterci. Ora ero in una girandola vorticosa di emozioni contrastanti che si susseguivano senza lasciarmi il tempo di capire se avessi in effetti fatto la cosa giusta. L'istinto ripeteva di sì, mentre la ragione continuava a presentare nuovi dubbi.

Abitavo a Casoretto ormai da trent'anni, avevo passato quasi tutta la mia vita adulta in questo quartiere, qui avevo tanti ricordi e amici. Gettarmi in un nuovo futuro era un'incognita. D'altro canto, in montagna avrei potuto fare tutto quello che avevo sempre sognato: passeggiare nei boschi e raccogliere le erbe. Tutto molto bucolico, ma sarei stata felice a vivere così isolata, io che ero abituata alle comodità di Milano?

Era anche vero che quando ero arrivata nel quartiere non conoscevo nessuno e poi, piano piano, mi ero costruita una rete di conoscenze. Perché non sarebbe dovuto succedere anche a S. Martino?

Certo, non avrei avuto vicino Beppe come a Casoretto, anche se mi aveva promesso che sarebbe tornato più spesso in paese ora che ci sarei andata a vivere.

E se avevo sbagliato decisione? Tuttavia come potevo capirlo senza rischiare?

Ero elettrizzata da questa nuova avventura che mi aspettava, era così tanto tempo che vivevo in uno stato di tranquillo torpore. Ma ora la lupa che era dentro di me ritornava a ululare alla luna.

I *ma* e i *se* si rincorrevano nella mia testa facendosi beffe di tutta questa confusione!

Mi sarebbe piaciuto confidare alla Tebaldi questo mio nuovo cambio di rotta, come avevo fatto trent'anni prima durante il nostro unico incontro. I suoi brillanti occhi azzurri erano ancora nel mio cuore.

Ero convinta che lei sarebbe stata fiera della decisione che avevo preso.

Oramai era morta da tanti anni, ma io avevo portato il lutto per lei come se fosse stata mia madre.

Mi ricordo come fossi oggi il mio strazio quando lessi sul Corriere della sua morte. Piangendo chiesi a Geremia il permesso di assentarmi dal lavoro, per poter andare alla celebrazione funebre.

Era mercoledì 22 dicembre 2004, andai davanti alla Scala per aspettare il suo feretro, avrebbe dovuto sostare qualche minuto davanti al teatro che lei aveva così tanto amato.

Mi ricordo le urla dei suoi ammiratori che urlavano, «Portatela dentro. Quello sarebbe un omaggio vero, vergogna!», perché ancora una volta, il sovrintendente di turno del teatro scaligero non le aveva tributato il giusto onore.

Poi mi ero accodata al corteo funebre che era passato lungo le vie del centro storico fino alla chiesa di San Carlo al Corso. C'era troppa gente, non ero riuscita ad entrare. Poco importava, rimasi fuori dal sagrato fino alla fine della Messa, quando portarono fuori la cassa e la misero sul carro funebre per il suo ultimo viaggio.

Mi feci largo tra la folla per porre sulla cassa un mazzo di rose rosse. Ma c'era troppa gente, non riuscivo ad avvicinarmi, quando mi vide la sua fedele amica Tina che si allungò per prenderle.

Non credo che mi avesse riconosciuto, fu solo un atto gentile verso quella che credeva, ed era, una fan devota della sua "signorina Tebaldi". Ma per me fu il mio ultimo saluto alla mia sempiterna omonima.

Una donna anziana mi distrasse dai miei pensieri. Era vicino agli orti e stava chiamando a gran voce dei gatti randagi. Questi le si erano radunati intorno e sembravano risponderle con accesi miagolii, mentre lei si inginocchiava per versare in alcuni contenitori di alluminio dei croccantini. Un gattone rosso le si strofinò sulla gamba, lei si abbassò per prenderlo in braccio e accarezzarlo.

Mi dava le spalle, ma mi pareva di riconoscere quella figura. Indossava il grembiule verde dei volontari del parco sotto a una giacca a vento colorata. Era Mafalda!

Fece una smorfia quando mi scorse. In un primo momento pensai di tornare indietro per evitare di rivolgerle la parola. Poi mi fermai, tanto valeva affrontarla per comunicarle che rinunciavo all'acquisto del negozio.

Mi strinsi la giacca addosso per proteggermi dal freddo, richiamai Lupa per metterle il guinzaglio, infine mi diressi verso di lei che si era alzata e mi aspettava impettita.

«Non sapevo che ti occupassi dei gatti della zona».

Il suo era un bel gesto, ed era la prima volta che la vedevo fare qualcosa per un altro essere vivente.

Lei alzò le spalle, abbassando lo sguardo sui mici che mangiavano intorno a lei.

«Mi piacciono i felini, sono animali autonomi e fieri. Non mendicano, ma reclamano quello che gli è dovuto. C'è solo da imparare osservandoli. Per questo mi prendo cura di loro». Ero sbalordita. Tanti anni che la conoscevo e non sapevo questa sua passione. Forse anche lei aveva una briciola di bontà in fondo al suo cuore.

«Come mai non hai un gatto in casa?», le chiesi curiosa.

Lei alzò bruscamente lo sguardo. «Stai scherzando? Si farebbero le unghie sul divano o, peggio, sui miei quadri. Senza parlare dei peli che mi riempirebbero la casa. Amo i gatti, ma all'aria aperta».

Ecco, appunto. Appena iniziavo a pensare che in fondo anche lei provasse dei sentimenti amorevoli verso qualcuno, venivo subito smentita. Durante questo scambio di battute, un gatto nero, attratto dal cibo, si era avvicinato senza accorgersene a Lupa, che gli ringhiò contro. Questi gonfiò il pelo, inarcò la schiena e soffiò, spaventando così l'intero gruppo.

«Trattieni il tuo cagnaccio che me li spaventa!», urlò Mafalda indicando con un dito adunco la mia cagnolina.

Strinsi i denti per non ribattere, ma mi allontanai di qualche passo per legarla a una panchina lì vicino. In quel momento, china sopra il mio cane, realizzai che non volevo avere più niente a che fare con quella donna... e non solo con lei, non volevo più scendere a compromessi con un mondo che correva frenetico come un treno ad alta velocità.

Quando avevo rilevato l'erboristeria da Geremia, il mio era un negozio di quartiere, la gente veniva da me perché si fidava della mia professionalità. Erano clienti, ma anche amici. Tra noi erboristi non ci facevamo la guerra, anzi, quando mancava un articolo ci telefonavamo per aiutarci a vicenda. Ora invece eravamo in continua lotta con i mega store delle vendite online. Aveva avuto senso combattere fino a quando Mafalda non mi aveva sfrattato, era la mia vita e io me la facevo andare bene, ma ora?

Era arrivato il momento di fermarmi, ormai avevo superato i cinquant'anni, volevo scendere dal treno e la mia prossima fermata sarebbe stata S. Martino.

In quell'istante tutti i miei ultimi dubbi furono spazzati via, compresi di avere preso la decisione giusta. Mi voltai lenta verso Mafalda e la osservai, un'anziana donna in guerra perenne con il mondo intero. Sempre sola, senza un'amica con cui scambiare una confidenza. Che vita era la sua? Mi faceva pena.

Come se avesse captato i miei pensieri, mi chiese brusca. «Cosa hai deciso per il mio negozio? I giorni passano, e l'acquirente preme. Ho bisogno di una risposta».

«Rinuncio all'acquisto».

Alla fine lo avevo detto, mi sentii più leggera dopo avere ufficializzato a voce alta la mia intenzione.

Per qualche secondo boccheggiò, come un pesce tirato fuori dalla sua boccia di vetro. Certo non se lo aspettava, dopo tutto quello che avevo fatto per tenermelo.

Mi scrutò sospettosa. «Come mai hai cambiato idea?»

«Ho fatto una scelta alternativa». Rimasi sul vago, non volevo raccontarle i fatti miei.

«E cioè?», insisté curiosa allungando il collo come uno sparviero.

«Nulla che ti interessi», le risposi spazientita.

Si ritrasse offesa, poi ridacchiò acida, alzando le spalle.

«Poco importa, tanto prima o poi lo verrò a sapere. Quando me lo lasci libero?», rispose trattenendo a stento la soddisfazione.

«Ho un anno di tempo. Ricordi?», risposi sorridendo.

«In questo modo mi fai perdere il compratore», strillò stizzita, facendo fuggire spaventati i gatti intorno a lei.

Una giovane donna che correva rallentò incuriosita. «Che hai da guardare? Fatti gli affari tuoi, pettegola!»

Quella se ne andò, lanciandole uno sguardo offeso.

«Non è un problema mio, ma se vuoi posso venirti incontro. Mi versi una buonuscita e io me ne vado prima, addirittura questa primavera. Che ne dici?»

«Non ti do un centesimo. Piuttosto metto di mezzo gli avvocati, e dovrai andartene per forza», sibilò stringendo i pugni dalla rabbia.

Le sorrisi tranquilla. «Come preferisci, ma lo sai quanto sono lunghe e costose le cause legali».

Poi mi diressi verso la panchina per liberare Lupa, che corse felice verso i suoi amici canini. M'incamminai lenta per seguirla, quando sentii Mafalda strillarmi dietro inviperita. «Sei solo una morta di fame, ma piuttosto di dovere sopportare ancora la tua vista, accetto le tue condizioni. Quanto vuoi?»

«Faccio fare un conteggio per la buonuscita dall'ufficio *Locazioni* dell'*Unione Artigiani*, e poi ti mando tutto per e-mail».

Le lanciai da sopra una spalla un'ultima occhiata trionfante e mi allontanai canticchiando stonata *"Il Trionfo"* del Nabucco di Giuseppe Verdi.

Va' pensiero, sull'ali dorate
Va', ti posa sui clivi, sui colli
Ove olezzano trepide e molli
L'aure dolci del suolo natal

La sentii mormorare alle mie spalle. «Questa me la paghi, non hai ancora capito con chi hai a che fare. Quanto è vero Iddio, mi vendicherò».

Ridacchiai divertita dalle sue minacce vane. Non poteva farmi più niente se non ritardare il pagamento della buonuscita e poco importava, ormai mi ero liberata dal suo giogo.

Un brivido però mi percorse la schiena... *mai sottovalutare Mafalda...*

Gennaio era ormai passato, e i giorni verso la chiusura del mio negozio si rincorrevano sempre più veloci.

Quel giorno era piovigginoso e grigio, non invitava certo la gente a uscire per le strade e andare a fare acquisti. Inoltre gli scaffali del mio negozio ormai non erano più riforniti come un tempo. Non avevo comprato altra merce dopo Natale, e fra qualche giorno sarebbe iniziata la svendita per cessata attività. Avevo già pronti nel retrobottega i cartelli con l'annuncio, ma la voce era già girata tra le vie del quartiere, e se i miei clienti non avessero avuto urgenza, avrebbero di certo aspettato gli sconti.

Mafalda sorprendentemente aveva accettato la mia richiesta per la buonuscita senza fare troppe storie, e con l'arrivo della primavera mi sarei trasferita a San Martino.

Stava procedendo tutto per il meglio, così, per passare il tempo, pensai di registrare un promemoria vocale delle liste di cose ancora da fare. Era stato un suggerimento di Sara, vista la facilità con cui perdevo i fogli dove mi appuntavo i promemoria.

Presi il cellulare dalla borsa e attivai l'app di registrazione, ma non andai avanti perché entrò un uomo anziano e malmesso, sembrava un senzatetto. Appoggiai il cellulare sul tavolo e mi avvicinai per chiedergli se potessi essergli d'aiuto. Lui mi sorrise mostrandomi una dentatura degna della grotta degli orrori.

«Ciao Renata, non mi riconosci?»

Lo fissai sorridendo per qualche secondo, poi mi bloccai scioccata: era Guido, uscito dal mio passato per terrorizzarmi come allora. Il sangue mi si gelò nelle vene. Feci un passo indietro, i ricordi traumatici della nostra convivenza mi piombarono addosso.

Tuttavia non avevo più vent'anni e lui era così cambiato. Il suo corpo era diventato flaccido e curvo, e i suoi capelli neri, all'epoca scolpiti dalla brillantina, ora si erano ingrigiti in rade ciocche unte. Dov'era finito il bel ragazzo di cui mi ero innamorata?

«Che cosa vuoi?», gli chiesi cauta, mettendo il banco tra me e lui.

«Si salutano così gli amici? Sono passato a trovarti. Un'amica comune mi ha detto che stai lasciando l'erboristeria», rispose lui guardandosi attorno.

«Non credo proprio di avere delle conoscenze in comune con te».

«Una c'è, Mafalda Graziadei. Pensa la combinazione delle cose, ci conosciamo da una vita. Molto tempo fa mi aveva parlato di una sua affittuaria che si chiamava Renata Tebaldi. Dal nome così singolare e da qualche altro dettaglio avevo capito subito che eri tu, ma questo è successo oramai tanto tanto tempo fa», rise sornione infilandosi le mani in tasca.

Non credevo nelle coincidenze. Lui mi aveva di certo cercato quando ero fuggita da lui, ed era probabile che lui e Mafalda avessero delle conoscenze in comune. Me li immaginavo scambiarsi maldicenze sul mio conto, e poi lei, in tutti quegli anni, lo aveva tenuto al corrente. Ora era chiaro come mi avesse trovato all'epoca dell'investimento.

Questa era la vendetta che Mafalda mi aveva promesso.

Riflettevo senza staccargli gli occhi da dosso, mentre lui girava per il negozio toccando tutto con le sue schifose dita ingiallite dalla nicotina.

«Cosa vuoi?», gli ripetei ancora.

«Ho pensato di passare a trovarti, magari potremmo uscire a cena per parlare dei vecchi tempi».

Mi lanciò una lunga occhiata lasciva.

Non mi detti la pena di rispondere.

«Non ti fa piacere rivedermi?», continuò lui guardandomi fisso. «Bello il tuo negozio, lo hai arredato con gusto», concluse ritornando a girare tra gli scaffali.

«Non mi chiedi di tuo figlio?», gli domandai invece.

«Quale figlio?», mi rispose lui confuso.

«Quello che ho avuto da te».

Rise sgangheratamente. «Non c'è nessun bambino, l'hai perso quando sei stata investita».

«Tu come lo sai?», gli chiesi veloce.

«L'ho letto sul giornale».

«I quotidiani riportavano l'incidente, non l'aborto. E non era nemmeno scritto il mio nome», esclamai furiosa. «Sei stato tu, lo sapevo».

Mi mancò l'ossigeno, non riuscivo a respirare la sua stessa aria. Lo avevo sempre accusato di essere stato lui il pirata della strada, ma solo ora ne avevo finalmente la conferma. L'antico dolore ritornò forte come se fosse passato un solo giorno e non trent'anni.

«A fare cosa? Investirti? Non hai le prove», rispose sorridendo.

«Vattene!», gli urlai dirigendomi verso la porta per aprirla.

«Voglio indietro i soldi che mi hai rubato», rispose lui ritornando serio, mentre faceva un passo nella mia direzione.

«Non ti devo nulla. Quando vivevamo insieme ero la tua serva, non mi ha mai passato un centesimo».

«Vivevi e mangiavi a casa mia», rispose lui ironico.

«Se conosci Mafalda da così tanto, ti avrà detto lei che lavoravo qui. Mi hai seguito e hai aspettato il momento giusto per travolgermi con la tua auto», continuai ad accusarlo.

Le tempie mi pulsavano, strinsi i pugni così forte che le unghie penetrarono nella carne. «Sei un vigliacco! Ti sei vendicato quando ero sola, nascosto dal buio della notte».

«Sei solo una puttana, volevi fare passare il tuo bastardo per mio. Mi sono limitato a risolvere il problema. Mafalda ti verserà un bel gruzzolo per toglierti di torno, voglio la mia parte oppure potrebbe capitarti anche di peggio», mi minacciò afferrandomi il braccio.

Ci interruppe lo squillo del campanello sulla porta, era entrato Beppe con Lupa. Questa si mise ad abbaiare e a tirare il guinzaglio forsennata, percepiva il pericolo in quell'uomo.

«Ci sono problemi?», chiese Beppe avanzando minaccioso verso di lui.

«Solo un saluto a una vecchia amica», rispose Guido lasciandomi andare. «Ci vediamo presto», tagliò corto dirigendosi poi verso l'uscita. Ma prima di aprire la porta si girò e fece un mezzo inchino. «Buona giornata».

Uscì ridendo.

«Che è successo?» mi chiese Beppe avvicinandosi protettivo, mentre accostava una sedia per farmi sedere. Stavo tremando come una foglia.

Andò a prendere dell'acqua con alcune gocce di Rescue Remedy, mentre Lupa si accucciò al mio fianco dandomi dei colpetti con il muso, fino a che le accarezzai le orecchie.

«Chi era quello?», domandò ancora porgendomi il bicchiere.

«Era il mio ex fidanzato».

«Cosa voleva da te?», mi chiese inginocchiandosi di fronte a me.

Bevvi un sorso, ma mi tremava così tanto la mano, che ne versai più della metà per terra.

Beppe si alzò e andò al tavolo per prendere uno straccio.

«Come mai il tuo cellulare sta registrando?», mi chiese incuriosito, prendendolo in mano e mostrandomelo.

Sollevai lo sguardo incredula verso di lui, poi mi alzai di scatto per controllare. Era vero!

La conversazione tra me e Guido era stata registrata, dovevo essermi dimenticata di metterlo in pausa quando era entrato. Non potevo credere a tanta fortuna.

Riascoltai la registrazione con Beppe, era la prova del crimine di quel disgraziato.

«Non hai un amico in polizia?», gli chiesi. «Forse mi può dare un consiglio su come utilizzarla per neutralizzarlo una volta per sempre».

«Il tuo ex non dichiara che è stato lui a investirti, lo sottintende soltanto, e un avvocato potrebbe dire che lo ha detto solo per spaventarti».

«Non è abbastanza?», lo interruppi.

Lui scosse la testa. «Inoltre il reato sarà andato in prescrizione, sono passati troppi anni».

Mi misi a camminare per il negozio, ero frustrata dalla sua risposta. Lui si sedette al mio posto, mentre Lupa preoccupata mi seguiva con lo sguardo, non capiva cosa stesse succedendo.

«Nella registrazione parla di un furto da parte tua. È vero?», mi chiese dopo qualche secondo.

«Gli ho preso dei soldi», risposi vaga.

«Hai intenzione di restituirglieli?»

«Nemmeno per sogno. Quelli erano una sorta di liquidazione», protestai indignata. «Mi ha sfruttata dal primo momento che mi ha conosciuto, abusando della mia ingenuità. Ho fatto la scelta giusta andandomene e prendendo quello che mi era dovuto».

«Lui però dice che glieli hai rubati», insisté lui.

Tentai di protestare ancora, ma Beppe alzò una mano per fermarmi. «Poco importa, anche questo sarà andato in prescrizione. Inoltre è sempre la sua parola contro la tua».

Lo guardai stordita, non ci avevo pensato.

«Quanti anni ha ora?», continuò Beppe.

«Quando stavamo insieme ne aveva quaranta, e io venti. Ormai avrà superato la settantina», risposi distratta. Mi continuavo a ripetere che lui non aveva niente contro di me per ricattarmi. Ma non era quello il punto della questione. Ero furiosa che lui non sarebbe stato punito per quello che aveva fatto.

«È un vecchio, perché non lo hai cacciato? Cosa ti fa arrabbiare ancora così tanto?», mi chiese Beppe serio.

Girai lo sguardo verso di lui, come faceva a non capire? Guido mi aveva rubato l'innocenza del primo amore, ma soprattutto aveva ucciso mio figlio.

Nonostante i tanti anni passati, ero ancora così sconvolta perché non avevo superato quel dramma.

Avevo chiuso il mio dolore nel cantuccio più remoto del mio cuore, ed ero andata avanti. Ora, con il suo ritorno, la mia sofferenza era tracimata fuori in tutta la sua violenza. Ma Beppe non era come Guido, era un uomo onesto e sincero, di lui mi fidavo.

Non volevo avere segreti con lui, aveva diritto a sapere tutta la verità sul mio passato. Così gli raccontai di quel giorno...

20

«Domani andiamo a Rovenna», mi avvisò Guido laconico seduto davanti al tavolo in cucina, mentre sfogliava la Gazzetta dello Sport.

Mi bloccai con una pentola insaponata in mano, on ero mai andata a fare una gita fuori Milano. «Dove si trova?»

«Sul lago di Como. Devo incontrare un amico che vive lì», mi rispose distratto mentre cercava una sigaretta nel taschino della tuta da lavoro.

Mi asciugai le mani con lo strofinaccio, mentre mi avvicinavo per ottenere qualche informazione in più.

«Che bello!», esclamai entusiasta. «Preparo qualche panino per un pranzo al sacco?»

Mi rispose senza alzare gli occhi dal giornale. «Non c'è bisogno, partiamo da qui subito dopo pranzo. Inutile perderci la giornata, in un'ora siamo lì».

«Ma almeno faremo un passeggiata sul lungolago?»

«Vedremo...», rispose vago, alzandosi per andare a sdraiarsi sul divano.

Non mi feci abbattere dalla sua risposta, ma andai a rovistare tra le guide turistiche che teneva su uno scaffale in salotto, uniche pubblicazioni presenti in casa, per cercare quella della Lombardia. Sfogliai le pagine finché non trovai uno striminzito paragrafo sul paesino.

Rovenna, frazione del comune comasco di Cernobbio, è posta in altura a nord del centro abitato. È un minuscolo paesino rurale a mezza costa sulle pendici orientali del monte Bisbino, e si affaccia sulle rive del lago di Como.

Non c'erano foto, però lo immaginavo come un grazioso paesino di montagna come quelli che si vedono in televisione.

Quella notte per l'eccitazione non riuscii a dormire, continuavo a rigirarmi nel letto, fantasticando sulla gita del giorno dopo. Speravo in una passeggiata in riva al lago, magari mano nella mano, come fanno di solito gli innamorati. Guido non era certo romantico, anzi era così brusco che a volte preferivo non contraddirlo. Magari la gita lo avrebbe ammorbidito un po'.

Alla fine lui mi cacciò dalla camera, stanco del mio continuo girarmi nel letto. Ne approfittai per lavarmi i capelli e stirare il mio abito più bello. Anticipai anche l'orario del pranzo, in modo da partire prima. Lui però non volle sentire ragioni, anzi mi rimproverò aspro perché gli mettevo fretta.

Si era alzato tardi e ciondolava per la casa ancora in mutande e canottiera mentre io stavo già apparecchiando la tavola.

Brontolando si vestì e si sedette a mangiare, così riuscimmo a partire nel primo pomeriggio.

Dopo un viaggio in auto di circa un'ora, arrivammo sul lago di Como.

«Possiamo fermarci?», gli domandai speranzosa ammirando le rive dall'auto.

«Forse al ritorno, sono già in ritardo», mi rispose lui affrontando i tornanti in salita per arrivare a destinazione.

Dopo un quarto d'ora di curve, parcheggiammo vicino a un cimitero. Rovenna non appariva così "montanara" come me l'ero immaginata, almeno per quel poco che vidi camminando nella via principale costeggiata da palazzine.

Arrivammo a un bar, probabilmente l'unico del paese, dove il suo amico ci aspettava già seduto a un tavolino. Sapevo che per il mio fidanzato quella non era una gita di piacere, e che mi aveva portata con sé solo perché potessi fargli compagnia in auto, ma mi sembrava un'ingiustizia dover stare lì ad ascoltarli parlare dei loro affari.

Guido mi ordinò un bicchiere di spuma S. Antonio, una bevanda scura che mi piacque moltissimo, ma al di là di questa novità mi stavo annoiando a morte. Mi guardai in giro, non vedevo altro che le mura delle case intorno alla piccola piazza. Non si vedeva nemmeno uno scorcio del lago.

Il suo amico si accorse della mia frustrazione, e si volse verso di me.

«Perché non fai quattro passi? Vicino al cimitero c'è un viottolo. Da lì parte una passeggiata a strapiombo in mezzo al bosco da dove si può vedere il lago. Stai attenta solo a non cadere di sotto, è scivoloso», mi avvertì.

Mi alzai di scatto e, dopo averlo ringraziato, partii quasi di corsa.

«Torna fra un'ora. Bada che non ti aspetto!», mi urlò dietro Guido.

«Non ti preoccupare. Ci vediamo al parcheggio», gli risposi facendogli un cenno di saluto con la mano.

Trovai subito il sentiero, c'era un cartello in legno che lo indicava: il *Sentee di Sort*. Da lì si entrava subito nel fitto del bosco. Certo non era molto agevole camminare con i sandali tra rovi e sassi, ma non m'importava se mi graffiavo le gambe nude, ero felice. Per la prima volta mi trovavo in mezzo alla natura vera, non un giardino "addomesticato" come quelli che trovavo in città. Mi pareva di essere entrata in un tempio verde che esigeva silenzio e rispetto.

Dopo circa dieci minuti di cammino, gli alberi si aprirono come un sipario per mostrarmi l'intero lago in tutta la sua maestosità. Pareva un paesaggio da cartolina, non avevo mai visto niente di così magnifico e nello stesso tempo commovente. L'acqua, di un blu notte, era mossa da lievi onde bianche tagliate da minuscole candide vele. Intorno, le montagne facevano da cornice.

C'era così tanta pace.

Mi sedetti su un masso, ero circondata da tronchi maestosi, non ne avevo mai visti di così imponenti. Accarezzai i fili d'erba, quanto mi sarebbe piaciuto conoscere i nomi di ogni singola pianta. Avevo sempre invidiato quelli che possedevano questo dono.

Non avevo mai provato una sensazione simile, essere completamente sola e immersa nel silenzio. Non ne avevo paura, mi sentivo protetta dagli alberi attorno a me. Davanti a tanta bellezza, tutti i miei problemi si cancellarono per qualche secondo, compreso quello più grande: Guido.

Per me era una sensazione nuova, ero sempre vissuta con altre persone, prima in orfanotrofio, poi con il mio fidanzato. In quel momento, per la prima volta nella mia giovane esistenza, mi sentii una persona unica e speciale, solo perché avevo potuto ammirare quel magnifico spettacolo, e non una formichina anonima tra tante altre simili che convivevano in un formicaio.

Nessuno si era mai interessato quali fossero i miei desideri, ma avevo permesso al mondo di decidere al posto mio.

Anche con Guido era andata alla stessa maniera. Lo avevo conosciuto mentre frequentavo ancora ragioneria, l'indirizzo professionale che aveva scelto l'istituto per me. Lui aveva un'officina vicino alla scuola e mi salutava con un *"Ciao bella!"* e un sorriso smagliante all'entrata e all'uscita delle lezioni. Nessuno prima di allora mi aveva mai notata.

Aveva vent'anni più di me, era un uomo affascinante e sicuro di sé. All'inizio della nostra storia, mi portava in bei locali e mi faceva dei regali, così il passo fu breve verso la camera da letto.

Dopo la maturità e il compimento dei diciott'anni, lasciai l'orfanotrofio e andai a vivere con lui. Mi aveva chiesto di dargli una mano al lavoro, la sua impiegata si era licenziata per seguire il marito in un'altra città, e per me era stato naturale dirgli di sì, dopotutto avevo un diploma di ragioneria.

Piano piano le sue attenzioni si erano diradate fino a sparire dopo qualche mese. Mi raccontavo che era normale, oramai vivevamo insieme, e fino a quel momento me l'ero fatta andare bene, però ora era arrivato il momento che la nostra storia facesse un passo avanti. Decisi che al ritorno mi sarei fatta coraggio e gli avrei parlato. Non potevo più aspettare, c'era una notizia importante che dovevo comunicargli.

L'eco delle campane in lontananza mi avvisarono che ero in ritardo. Mi alzai in fretta. Dovevo sbrigarmi se non volevo farlo aspettare, oggi non era proprio il caso d'irritarlo.

Arrivai senza fiato al parcheggio, ma Guido non c'era ancora, arrivò dopo qualche minuto con il suo amico. Ringraziai quest'ultimo per la passeggiata, poi partimmo.

«Ci fermiamo sul lungolago?», chiesi speranzosa.

«Non essere sciocca, rischiamo di trovare traffico. Inoltre il mio amico mi ha pagato un debito di gioco. Ho parecchi soldi con me, non voglio rischiare che qualcuno me li rubi», rise battendo la mano sul borsello in pelle al suo fianco.

Arrivammo a casa per l'ora di cena. Andai in cucina per prendere la tovaglia per apparecchiare. Dovevo parlargli quella sera, era di ottimo umore, inutile tergiversare. Lo guardai di sottecchi, era sdraiato sul divano mentre seguiva attento il resoconto delle partite domenicali su *90º minuto*.

«È stata una bella giornata», commentai per rompere il silenzio. Ricevetti solo un mugugno di risposta.

«Ti devo dire una cosa», continuai, appoggiando i piatti in tavola.

«Non puoi aspettare la fine della trasmissione?»

«È importante», insistei, avvicinandomi al divano.

Abbassò l'audio brontolando.

«Sono incinta», gli annunciai insicura della sua reazione, ma era un segreto troppo grosso da portare ancora dentro.

Calò un silenzio pesante.

«Sei sicura che sia mio?»

Ero scioccata, cosa stava insinuando? «Certo che lo sono. Di chi dovrebbe essere?»

«Che ne so io? Ti conosco appena. Ti ho raccattato che eri appena uscita da un orfanotrofio. Ti ho dato una casa e del cibo, e mi ringrazi buttandomi un fardello del genere sulle spalle?», rispose lui seccato rialzando l'audio della televisione.

«Sai benissimo che sei stato il primo uomo con cui ho fatto l'amore», protestai disperata.

«Questo lo dici tu, non pretenderai che ci creda. Scordatelo che mantenga te e il tuo bastardello».

Mi accasciai su una sedia e scoppiai a piangere, tenendo una mano sul ventre come per proteggere il mio bambino non ancora nato.

«Non frignare, non ho detto che ti abbandono. Ti darò un po' di soldi per sbarazzartene. Conosco anche una persona che fa al caso nostro, e in un paio di giorni sarà tutto risolto».

A quelle parole mi alzai di scatto e mi diressi verso la camera da letto. Aprii l'armadio per prendere i miei pochi averi e li gettai alla rinfusa in un borsone.

«Dove vai?», mi chiese Guido dietro di me.

«Me ne vado. Non mi sbarazzo del mio bambino».

«Tu rimani qua e fai quello che dico io», urlò cattivo afferrandomi per un polso. Poi mi mollò uno ceffone in piena faccia. Sentii un rivolo di sangue colare dal labbro spaccato contro i denti. Caddi sul letto, era la prima volta che qualcuno mi metteva le mani addosso.

Lui continuava a urlare, ma non capivo le sue parole. Ero talmente scioccata che quasi non sentivo il dolore. Quello schiaffo mi aveva fatto realizzare quanto ero caduta in basso, ma non avrei più permesso a nessuno di picchiarmi di nuovo. E per la prima volta nella mia vita, mi ribellai.

Mi alzai veloce, presi il borsone dal letto, e con tutte le forze, lo feci roteare per colpirlo. Lui sorpreso più dal gesto che dal colpo, inciampò e sbatté la testa contro l'armadio.

Ne approfittai per correre in cucina e afferrare un coltello da carne appoggiato sul tavolo. Poi tornai in camera e lo minacciai. «Il bastardo sei tu, non mio figlio. Dio, che stupida sono stata. Per te sono solo sempre stata una stupida da sfruttare. Abbastanza giovane e carina da mostrare ai tuoi amici, ma non così importante da presentare alla tua famiglia. Solo ora mi rendo conto che non mi hai mai amato».

Guido farfugliò spaventato dalla lama puntata verso di lui, «Vattene dalla mia casa, da me non avrai un soldo per il tuo bastardo!»

Adocchiai il borsello abbandonato sul comodino vicino a me, e lo afferrai. Tirai fuori dal portafoglio tutti i contanti.

«Le serve si pagano! Ma non ti preoccupare, questa è l'ultima volta che sentirai parlare di me o di mio figlio».

«Schifosa ladra. Ti denuncio!», borbottò lui ancora intontito dalla caduta, mentre cercava di rialzarsi.

«Provaci e ti accuso di violenza e abusi, miserabile che non sei altro. Io appena maggiorenne, e tu quarantenne. A chi crederà la polizia?»

Lo minacciai ancora una volta brandendo l'arma. Poi presi il borsone, gettai dentro i soldi, e uscii di corsa dall'appartamento. Chiusi a chiave la porta d'entrata per impedirgli di seguirmi, poi gettai il mazzo di chiavi e il coltello nel primo cestino dell'immondizia che trovai per strada.

Dovevo fare perdere le mie tracce. Lui mi avrebbe cercata, non si sarebbe di certo arreso. Era stato ferito nel suo orgoglio maschile e gli avevo rubato i suoi soldi, le due cose a cui teneva di più.

Salii al volo sul primo tram che incrociai, scesi solo al capolinea. Da lì ne presi un altro, e poi un altro ancora, fino a perdermi nei gironi della città. Alla fine arrivai in una zona sconosciuta. Cercai un albergo modesto, ormai era notte inoltrata, dove presi una camera.

Appena entrata, mi guardai attorno. Quattro pareti nude, un letto matrimoniale addossato al muro, e sulla parete opposta un minuscolo lavandino sbeccato. Oltre a questo l'arredamento era composto da una sedia di ferro che faceva anche da comodino, e un vecchio armadio con le ante a specchio semi aperte.

Mi chiusi a chiave e appoggiai la sedia contro la porta. Non mi era piaciuto lo sguardo lascivo che mi aveva lanciato il portiere, probabilmente mi aveva scambiata per una battona in attesa di clienti.

Mi sedetti sul letto, le mani in grembo.

Il pensiero ritornò subito a Guido. Che bastardo!

Come avevo fatto a essere così stupida? Giurai a me stessa che non mi sarei più innamorata, faceva troppo male.

Non riuscivo nemmeno a piangere, le lacrime si erano trasformate in spilli di ghiaccio che mi pungevano le palpebre e non riuscivano a sciogliersi.

Meglio stare da sola, piuttosto che con un uomo violento e incapace di amare. Mio figlio sarebbe stato meglio senza un padre.

Avevo le tempie in fiamme. Mi alzai per andare al lavandino dove mi sciacquai il volto con dell'acqua fredda. Feci un respiro profondo, niente colpi di testa, ora avevo la responsabilità di un'altra vita.

Cosa avrei fatto? Non avevo nessuno a cui chiedere aiuto, avrei dovuto imparare ad arrangiarmi da sola. Mi specchiai in un'anta dell'armadio. Ma ne sarei stata capace? Ero abbandonata a me stessa, con pochi soldi e nessun lavoro.

Volsi lo sguardo al borsone sul letto, e mi diressi stanca per tirare fuori il portamonete, c'erano solo pochi spiccioli. Ma avevo anche i soldi rubati, li avevo gettati dentro senza contarli. Glieli avevo sottratti in un momento di rabbia, ma non avevo pensato sul serio di tenerli.

Li contai, erano due milioni di lire. Una bella cifra, mi avrebbero fatto comodo. Li fissai per qualche minuto, perché non tenerli? Avrei potuto considerarli come una sorte di liquidazione, mi giustificai mettendo da parte i miei sensi di colpa, li avrei utilizzati solo per il bambino e i casi d'emergenza.

Ero abbastanza sicura che non mi avrebbe denunciato, anche se di certo mi avrebbe cercato. Ma ormai ero dall'altra parte della città, era difficile che riuscisse a trovarmi.

Avvoltolai il fascio di banconote in una maglietta e li rimisi dentro il borsone.

Scrollai le spalle, basta continuare a pensare a lui, non ne valeva la pena, era solo un essere meschino. Avevo problemi ben più gravi da risolvere, prima di tutto trovare un lavoro e una casa.

Guardai fuori dalla finestra, si vedeva solo il muro del palazzo di fronte. Le luci dei lampioni vi disegnavano sopra vaghe ombre intangibili, una rappresentazione perfetta del mio futuro. Sospirai e abbassai gli occhi sul mio grembo.

Nemmeno per un momento avevo pensato di abortire o di dare via il mio bambino. Era un pensiero inconcepibile per me che ero stata abbandonata alla nascita. Non avrebbe mai passato quello che avevo vissuto io in orfanotrofio. Ma ero spaventata a morte, come avrei fatto a crescerlo?

Avevo bisogno di dormire, arrivavano solo pensieri cupi. La notte prima l'avevo passata in bianco, forse al mattino sarei stata più lucida. Mi spogliai e mi coricai nel letto gelido, ma non fui fortunata, non riuscii a prendere sonno fino all'alba.

21

Erano passate ormai due settimane, e di Guido nessuna notizia. Forse aveva rinunciato, oppure nel frattempo era morto, pensai sorridendo mentre lavavo il pavimento sporco di impronte infangate lasciate dai clienti dopo la neve di quella notte.

«Ciao».

Feci un balzo nel sentire quella voce all'improvviso alle mie spalle. Mi girai di scatto e lo vidi appoggiato allo stipite, le braccia incrociate e uno stuzzicadenti in bocca.

Il campanello sopra la porta non mi aveva avvisata, avevo lasciato aperta la porta per fare asciugare il pavimento.

«Cosa vuoi?», gli domandai, appoggiando il bastone del mocio a uno scaffale.

«Te l'ho già detto, rivoglio i miei soldi, ovviamente con l'interesse maturato in questi anni», rispose sputando lo stecchino per strada.

Mi sorrise storto. La sua bocca si era prosciugata dentro la scatola cranica, mentre radi peli grigi gli spuntavano dalle guance incavate.. Indossava un maglione a collo alto sotto un giaccone di pelle usurato dal tempo.

Anche se era diventato il fantasma dell'uomo da cui ero scappata, riusciva ancora a incutermi paura.

Vecchi terrori dei suoi maltrattamenti passati mi stringevano lo stomaco e non mi facevano misurare il tempo trascorso.

Entrò in negozio compiaciuto davanti alla mia evidente vigliaccheria. Lo faceva sentire forte, ne gioiva.

Si guardò intorno, per poi fermarsi davanti alla fotografia autografata della mia omonima.

«Era una gran bella donna, da far girare la testa a chiunque», poi si voltò verso di me e mi squadrò sarcastico. «Hai solo il nome in comune con lei».

Era proprio vero?

Guardai anch'io la foto, la Tebaldi certo non si sarebbe fatta intimidire da un uomo del genere. Anche se era vissuta in un periodo in cui le donne venivano considerate "il sesso debole", lei aveva avuto sempre verso i suoi colleghi maschi un atteggiamento di cameratismo professionale, e non aveva mai permesso a nessuno di loro di sottometterla.

In quel momento squillò il suo cellulare, lo sfilò dalla tasca dei pantaloni e lo vidi impallidire nel leggere il nome sul display.

Mi girò le spalle senza più badare a me per rispondere servile alla chiamata, mentre io lo fissavo continuando le mie riflessioni sulla soprano.

Dopo l'aborto, avevo letto fino a conoscerlo a memoria il capitolo dedicato alla rottura di lei con Arturo Basile, il suo grande amore.

Lei lo aveva aiutato a far decollare la sua carriera. Infatti, per compiacerla, manager e produttori teatrali lo avevano chiamato a dirigere orchestre in tutto il mondo.

Era andata contro i suoi valori religiosi più profondi, legandosi a lui uomo sposato, anche se separato da anni dalla moglie. Lei aveva accettato tutto con gioia, il suo amore era totale, ma pretendeva lo stesso anche da lui.

Basile invece amava le donne e il gioco, non era capace di un sentimento così totalitario.

Gli amici di lei continuavano a ripeterle di avere pazienza. «Prendilo così com'è, lui ha bisogno di diversivi», ma lei non era donna da accettare un amore a metà.

Dopo un anno di relazione tormentata, i nervi le stavano cedendo. La sua stessa voce ne risentiva, e questo per lei non era tollerabile. Decise quindi di chiudere la storia. Come era sua abitudine, fu un taglio netto, non rispose più alle sue chiamate e si rifiutò di incontrarlo.

Aveva concesso a Basile fin troppo potere su di lei. Non avrebbe permesso più a nessun uomo di incrinare il suo equilibrio interiore e di farla soffrire così tanto. Da quel momento avrebbe messo la sua carriera prima di ogni altra cosa.

Se la Tebaldi aveva trovato il coraggio di chiudere in modo così radicale con l'amore della sua vita, perché io continuavo ad avere paura di quel vecchio? Cosa ci legava ancora?

Mi resi conto che la sua ombra tossica era ancora una presenza reale nella mia vita, non me ne ero ancora liberata. La nostra relazione era stata costellata da violenze verbali, come quella che mi aveva gettato addosso qualche minuto prima, fino a sfociare alla fine in quella fisica. Era successo una sola volta, ma era stata quella che mi aveva dato il coraggio di ribellarmi e fuggire.

Tuttavia la mia anima era ancora incatenata a lui, alla paura di ricadere nella stessa dinamica. Per questo non avevo avuto il coraggio di portare avanti la storia con Beppe, né avevo avuto altre relazioni importanti. Avevo preferito rinunciare all'amore piuttosto di soffrire ancora.

Ma ormai non mi poteva fare più niente, era un vecchio. Il potere che aveva ancora su di me, si sciolse come neve al sole.

Continuai a fissarlo, mentre ascoltava attento la conversazione telefonica. A volte tentava di pronunciare qualche sillaba, ma l'altra persona non sembrava permetterglielo. Alla fine, la chiamata venne interrotta bruscamente. Rimase con il cellulare in mano, accennò un ... «Pronto, pronto, non ti sento più...», fino a comprendere che non c'era più nessuno dall'altra parte.

Guardò ancora per qualche secondo lo schermo del cellulare, forse sperando di essere richiamato. Poi sospirò e lo rimise in tasca, e al suo posto prese il pacchetto di sigarette semi schiacciato.

Si girò verso di me rivolgendosi in tono arrogante. «I miei soldi!», per poi accendersi una sigaretta.

Non gli risposi, ma raddrizzai la schiena e mi diressi decisa verso di lui.

«Qui non si fuma», gli intimai, strappandogliela dalle labbra per poi gettarla nel secchio dell'acqua sporca.

«Come ti permetti?», urlò lui alzando una mano, come se volesse darmi uno schiaffo. Gli afferrai il polso, sotto le dita sentii le sue fragili ossa coperte da una sottile pelle incartapecorita.

Lui cercò di divincolarsi e cadde.

Arricciai le narici per il tanfo del suo corpo mal lavato.

«Sei solo un vecchio pieno di rancore. Mi fai pena», commentai.

Era così sbalordito che rimase seduto per terra. Ora le nostre posizioni erano cambiate, io minacciosa e lui debole.

Le mie parole, ma soprattutto il mio gesto violento, lo avevano fatto afflosciare su sé stesso.

«Ho amicizie importanti. Io...», tentò di intimidirmi mentre a fatica si rimetteva in piedi.

Non lo lasciai finire di parlare, alzai le spalle ridendo. «Ormai sei anziano e non fai più paura a nessuno, non sono più la stupida ragazzina che avevi adescato. Vattene dalla mia vita e non farti più vedere né sentire».

Lo presi per un braccio e lo accompagnai all'uscita, spingendolo con fermezza fuori dal negozio. Poi presi il Mocio bagnato e lavai via con vigore le sue impronte infangate. Fu un atto magico, lo avevo cancellato per sempre dalla mia esistenza.

Guido mi fissò per qualche secondo attraverso il vetro della porta, poi abbassò gli occhi, si strinse addosso il giaccone per ripararsi dal freddo e se ne andò.

Lo seguii con gli occhi fino a che non sparì dietro l'angolo, poi corsi ad accendere della salvia bianca per purificare l'aria.

Scoppiai a ridere, ero così euforica! Mi ero definitivamente liberata di lui. Ora potevo permettermi di amare di nuovo. Magari avrei chiamato Beppe per vederci dopo il lavoro, così gli avrei raccontato la fine della storia con Guido, mi dissi orgogliosa andando in bagno per gettare via l'acqua sporca del secchio.

22

C'è un detto che recita: "*partire è un po' come morire*", ed era così che mi sentivo, in lutto per la vita passata a Casoretto, che stavo lasciandomi alle spalle per sempre. Anche se ero felice di andarmene, dentro di me si rimescolavano tutti i bei ricordi vissuti in quei trent'anni nel quartiere.

Questo era l'ultimo giorno prima della partenza per la mia nuova casa. Il mattino dopo Beppe sarebbe venuto con un suo amico per il trasloco. Poi avrei consegnato le chiavi del mio appartamento alla proprietaria, non troppo felice che me ne andassi. Ogni volta che la incontravo, mi ripeteva che ero stata un'affittuaria modello, sarebbe stato difficile trovarne un'altra uguale.

Trasferirsi mi sarebbe servito anche per lasciare indietro ciò che era superfluo o non mi serviva più. Avevo diviso tutto quello che possedevo in tre mucchi catalogati in: BUTTARE, REGALARE E TENERE, seguendo il consiglio della prima regola del *Feng Shui*, buttare via le cose vecchie per fare spazio al nuovo che sta per arrivare.

Nel primo c'era roba vecchia e inservibile che avevo già portato in auto alla ricicleria di via Corelli. Il secondo erano abiti e arredi ancora in buono stato, ma che non utilizzavo più da parecchio tempo, così li avevo donati all'Opera di San Francesco per i poveri.

Il terzo mucchio era formato da quello che avevo deciso di tenere e che mi sarebbe stato utile nella mia nuova vita in montagna. Oltre ad abbigliamento pratico, portavo con me i libri erboristici, l'attrezzatura che mi sarebbe stata utile per la raccolta delle erbe e la loro trasformazione in tisane e creme. Inoltre il mio set di uncinetti e una buona provvista di gomitoli di cotone e lana, anche se avevo già scoperto un grosso centro di filati a Morbegno, un paesino vicino a Sondrio.

Non era stato un lavoro semplice, in quelle due stanze era raccolta tutta la mia vita. Erano scese parecchie lacrime aprendo i cassetti e tirando fuori oggetti che risvegliavano i ricordi.

Avevo usato lo stesso metodo anche quando avevo chiuso la mia erboristeria. Le ultime merci erano state ritirate da alcuni colleghi, mentre i mobili li avevo ceduti a un negozio dell'usato, eccetto alcuni arredi che appartenevano a Geremia, e a cui lui era affezionato, che gli avevo spedito in Portogallo.

Avevo staccato la campanella all'entrata per portarla via con me, era stata una compagna fedele in tutti quegli anni, non potevo abbandonarla. L'avrei appesa davanti alla porta della mia nuova casa, così mi avrebbe tenuto ancora compagnia con il suo vivace scampanellio.

Qualche giorno prima, in presenza degli avvocati, avevo consegnato le chiavi del negozio a Mafalda. Quest'ultima non stava nella pelle dalla gioia, alla fine era riuscita a cacciarmi. Nemmeno il cospicuo assegno circolare che mi aveva consegnato come buonuscita pareva pesarle più di tanto.

Da quel momento non ero riuscita più a passare davanti al mio negozio senza sentirmi un groppo in gola. Sembrava così desolato con l'insegna coperta dai sacchi neri della spazzatura.

Avevo attaccato un semplice foglio di carta sulla vetrina dietro la serranda a rete, *"L'Erboristeria di Casoretto chiude definitivamente. Saluto i miei clienti e vicini. Grazie, Renata Tebaldi"*.

Un taglio netto con il passato.

Ancora non ci credevo che fosse stato tutto alla fine così semplice. Nel momento in cui avevo scelto di ricominciare una nuova vita, l'Universo mi aveva dato una mano. Sembrava avere sincronizzato l'intera mia esistenza per offrirmi un'occasione giusta per me: una persona mi aveva offerto una casa e un lavoro in montagna. Il mio sogno alla fine si stava per realizzare.

Dovevo solo aprire gli occhi e rendermi conto che non stavo sognando, ero dentro alla mia nuova realtà.

EPILOGO

Era arrivata la primavera. Le giornate si stavano allungando, e anche se era quasi sera, c'era ancora luce per strada. Così decisi di fare un'ultima passeggiata con Lupa per le vie del quartiere. Le misi il guinzaglio e mi incamminai verso via Mancinelli, per poi svoltare in via Casoretto e passare davanti alla statua della Madonnina di fianco alla chiesa.

Mi soffermai per qualche minuto, era stata testimone silenziosa delle mie passeggiate e di tanti miei pensieri. Appoggiai la fronte all'inferriata e la salutai per un'ultima volta. Mi sarebbe mancata la sua silenziosa presenza.

Poi ripresi a camminare fino ad arrivare sul sagrato dove mi sedetti sui vasi in pietra. Girai lo sguardo attorno per raccogliere tante cartoline da portare via con me.

L'orologio e le campane che scandivano le ore, i ragazzi che si attardavano sul sagrato dopo gli allenamenti di calcio. Giovani e anziani che si rifugiano sotto gli alberi a chiacchierare. La birreria dall'altro lato con i suoi tavolini sempre affollati, mentre anime solitarie passeggiavano con il cane e ne approfittavano per mangiarsi il primo gelato della stagione.

Il sagrato, crocicchio di tre vie: via Ampère, via Casoretto e via Lambrate.

Tutto il mio mondo fino a quel momento era stato racchiuso in questo quartiere, un piccolo borgo dentro la metropoli, dove tutti si conoscevano e ancora si salutavano.

Via Casoretto, una strada che avevo percorso infinite volte per andare alla mia erboristeria.

Via Ampère, un viale alberato dove ogni giovedì c'era un mercato che rallegrava la via con le sue bancarelle. Infine la piccola via Lambrate che fra poco avrei preso per un'ultima volta. Quanto mi sarebbero mancate queste strade. Ora che stavo per abbandonarle, mi erano ancora più care. Sentimento strano la nostalgia, che ti fa star male, ancor prima di partire.

La gente mi passava davanti inconsapevole del mio ultimo saluto al quartiere. Asciugai una lacrima solitaria, ma la mia cagnetta mi richiamò al presente uggiolando impaziente, voleva continuare la sua passeggiata.

Mi alzai e presi, ancora immersa nei miei pensieri malinconici, via Lambrate. Dopo qualche passo, Lupa si bloccò e si mise a ringhiare fissando qualcosa davanti a sé. Alzai lo sguardo, a qualche metro di distanza c'era Mafalda. Mi abbassai per tranquillizzarla con una carezza. Forse era meglio attraversare la strada, ma poi, incuriosita mio malgrado da quella donna indisponente, mi fermai per osservarla ancora una volta.

Si stava dirigendo verso casa trascinando un carrellino dove era legata quella che sembrava una tela da dipingere coperta da un asciugamano, una scatola di legno e un cavalletto. Faceva tristezza vederla, così ricurva su stessa, portando con sé l'unica cosa che le dava vera gioia.

Qualcuno mi aveva raccontato che l'aveva vista dipingere al parco Lambro. Dipingere, insomma, meglio dire che ne approfittava per attaccar bottone con chiunque avesse avuto la malasorte di fermarsi a guardare cosa stesse facendo.

Anche adesso, si vedeva che stava cercando qualcuno del quartiere con cui fermarsi a spettegolare.

In quel momento uscì la parrucchiera dal suo negozio per sostare sul gradino a prendere una boccata d'aria. Girò la testa a destra e sinistra per guardarsi intorno, la scorse, fece veloce una giravolta su stessa per rientrare, ma purtroppo era stata vista a sua volta.

«Gabriella!».

Quest'ultima si girò sconsolata verso di lei, fece un debole sorriso e poi si scusò. «Il telefono squilla, ciao!», per rientrare veloce chiudendosi la porta dietro di sé.

Mafalda, immobile in mezzo al marciapiede, mormorò qualcosa gesticolando. Con tutti i soldi che possedeva non aveva nessuno con cui scambiare quattro parole.

Quanto ero fortunata perché ero molto più ricca di lei, avevo amici che erano stati la mia calda coperta in quei mesi così difficili di scelte e tagli.

Anche questa volta avevo seguito le orme della Tebaldi, pensai sorridendo.

Alla stessa mia età, aveva dato un taglio netto alla sua carriera, perché aveva stabilito che avesse dato tutto quello che poteva al bel canto.

Una mattina si era alzata e aveva deciso che non avrebbe più cantato una sola nota. Per lei sarà stata una sensazione strana potersi svegliare e non avere più obblighi verso la sua voce. Da quel che avevo sentito in alcune sue interviste, non aveva mai sentito la mancanza del canto.

Come me, non aveva una famiglia, ma tanti amici. Si era ritirata a San Marino riappropriandosi del suo tempo per fare quello che aveva sacrificato per la carriera, anche se lo aveva fatto con passione e gioia.

Non credo che si fosse chiesta cosa avrebbe fatto quando fosse calato il sipario, ma sono sicura che abbia aspettato il suo futuro con un sorriso.

Anch'io avevo intenzione di fare lo stesso, mi stava aspettando un'esistenza che avevo sempre desiderato e fino a questo momento solo sognato.

A qualunque età si può cominciare una nuova vita, ci vuole solo coraggio e un pizzico di follia. Lo aveva fatto lei, ora lo stavo facendo anch'io. Ero stata artefice del mio destino, creandomi un nuovo futuro senza compromessi.

Mi accorsi che Mafalda si stava voltando verso di me, così per non incrociarla attraversai la strada. Pensai felice che le nostre strade non si sarebbero più incrociate.
Poi mi voltai un'ultima volta verso la chiesa per dirle addio, e infine abbassai lo sguardo su Lupa che mi stava aspettando e le sorrisi. Ero pronta per partire assieme a lei verso questa nuova avventura.

Senza quasi accorgermene iniziai a canticchiare, nemmeno a voce tanto bassa, il brindisi della Traviata di Verdi. Mi bloccai, che figura avrei fatto se qualcuno mi avesse sentito? Oltretutto ero anche stonata. Ma in fondo a chi importava?

Scoppiai a ridere, riprendendo da dove mi ero interrotta, mentre tornavo all'appartamento che avrei abbandonato domani all'alba.

Libiamo, libiamo ne' lieti calici, che la bellezza infiora
E la fuggevol, fuggevol ora s'inebrii a voluttà
Libiam ne' dolci fremiti che suscita l'amore
Poiché quell'occhio al core onnipotente va
Libiamo, amore, amore fra i calici più caldi baci avrà

RINGRAZIAMENTI

L'idea di questo romanzo è nata da un sogno fatto una notte, che è poi si è trasformato nell'incipit di questo romanzo...

Che ironia chiamarsi Renata Tebaldi, una delle cantanti liriche più amate di tutti i tempi, ed essere stonata come una campana...

Della soprano Renata Tebaldi non sapevo nulla, solo che era stata una famosa cantante lirica del passato. Non ho ancora capito perché l'ho sognata, ma ho voluto cogliere la sfida e scrivere un romanzo nato da un sogno. Inoltre mi divertiva l'idea di immaginare una storia con un personaggio come sua omonima, anche se non sapevo bene come ne sarei uscita.

Grazie così a Carla Casanova, biografa ufficiale della soprano Renata Tebaldi, e la presidente della *Fondazione Renata Tebaldi*, Giovanna Colombo, che mi hanno aiutato a scoprire, oltre alla sua biografia ufficiale, anche qualcosa del suo carattere e della sua vita privata.

Grazie a tutte le donne che ho incontrato nei gruppi Facebook, che hanno accettato di raccontarmi le loro storia di libertà e indipendenza, e da cui ho preso spunto per la "mia" Renata. In particolare ringrazio i gruppi Facebook "Ragazze in gamba" e "camperiste libere e selvatiche", nello specifico Elisabetta Gaboardi che mi ha dedicato il suo tempo

Grazie anche a Lucia Gandolfi, Valeria Campagni e Maddalena Allievi che hanno trovato il tempo di leggere la bozza e di commentarla.

Grazie a Daniela Zacchi, mia paziente editor, che mi ha sempre sostenuto, anche quando mi scoraggiavo.

Infine grazie a Susanna Barbaglia e Alessandro Nodari, miei editori fin dall'inizio della mia avventura come scrittrice, perché hanno creduto in me, e continuano a farlo.